谜托邦

MYSTOPIA

华文推理新大陆

推理迷的乌托邦

人生的愚者

[日] 木木高太郎 著

陈晓淇 译

北京联合出版公司
Beijing United Publishing Co.,Ltd.

图书在版编目（CIP）数据

人生的愚者 / （日）木木高太郎著；陈晓淇译 . — 北京：北京联合出版公司，2024.6
ISBN 978-7-5596-7546-0

Ⅰ.①人… Ⅱ.①木… ②陈… Ⅲ.①长篇小说—日本—现代 Ⅳ.① I313.45

中国国家版本馆 CIP 数据核字 (2024) 第 068916 号

人生的愚者

作　　者：[日] 木木高太郎
译　　者：陈晓淇
出 品 人：赵红仕
策划监制：王晨曦
特约策划：温雪亮
责任编辑：夏应鹏
特约编辑：华斯比　李　晴
营销支持：沈贤亭
美术编辑：陈雪莲
封面绘图：[日] 月冈芳年

北京联合出版公司出版
（北京市西城区德外大街 83 号楼 9 层　100088）
北京联合天畅文化传播公司发行
上海盛通时代印刷有限公司印刷　新华书店经销
字数 165 千字　889 毫米 ×1194 毫米　1/32　8 印张
2024 年 6 月第 1 版　2024 年 6 月第 1 次印刷
ISBN 978-7-5596-7546-0
定价：56.00 元

目 录
CONTENTS

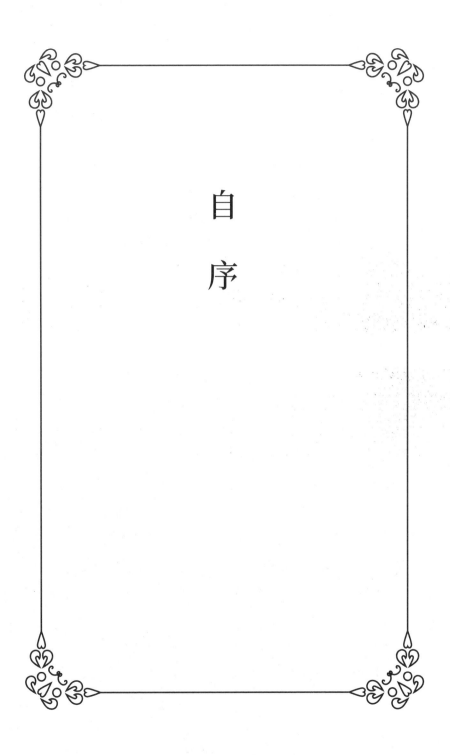

自

序

昭和九年（1934 年）秋，作者创作了人生第一篇侦探小说。说是他自己写的并不准确，应该说是友人海野十三[1]坚持不懈的鼓励，促使他写成的。这篇小说被推荐到了《新青年》杂志上，这便是他的处女作《网膜脉视症》。

紧接着在第二年，他又接连创作了五篇短篇小说。在此期间，友人海野十三和水谷准[2]一直激励着作者，令作者铭记于心。

就在创作期间，作者本人竟然对侦探小说迸发出了不可思议的热情。

作者对侦探小说的喜好由来已久。身为被祖母娇生惯养的长孙，若对侦探小说完全不感兴趣，也不太常见吧。他自然也不例外。《新青年》，从一开始便是他爱读的杂志。作为日本侦探小说的代表，江户川乱步创作的诸多作品，自然是他钟爱的读物。那种奇异的文学，从很早开始便迷住了他的心。可以说，作为一名读者，他在侦探小说界几乎达到了"毕业"的水平，并对侦探小说产生了独到的见解，这一点非常难得。

当走上作家这条道路，开始用这双慧眼审视侦探小说时，他发现了一种相当不可思议的现象。

那就是关于侦探小说的本质——当他还是读者的时候，曾对此无数次产生过疑问，也无数次对此进行回答——在日本的侦探

---

① 海野十三（1897—1949），日本著名小说家、漫画家，被誉为日本科幻小说的始祖。代表作：《蝇男》《火星兵团》《地狱使者》等。（全书脚注皆为译注）
② 水谷准（1904—2001），日本小说家、翻译家、编辑。1952 年凭借短篇小说《某次决斗》荣获第五届日本推理作家协会奖，是推理小说大师横沟正史非常要好的朋友。

小说界，依旧盛行着"侦探小说非艺术论"。当然了，其实在欧美的侦探小说界也是如此。人们认为侦探小说既不是文学，也不是艺术，而是源自真实的侦探故事或犯罪故事。这种观点令他难以忘怀。时至今日，依然没有出现可以推翻这种观点的主张，足见其威力。

他认为，这就是自己要走的路，也是日本侦探小说界应该鼓励走的路。他勇敢地站了出来，决心要在"侦探小说艺术论"的旗帜下，走出一条新的道路。

这种思想简单地说，就是侦探小说不应该只是阅读一次后便丢弃的东西。之所以会这样想，主要是因为每个月读过的侦探小说，不论多有趣也不会有人再读一遍，无法跟真实的侦探故事及犯罪故事一样。侦探小说应该成为一门艺术，就像纯文学小说那样，读完后回味无穷。如此说来，就会有人说：如果一味执着于这种想法，那么侦探小说不就不复存在，最终回归为纯文学了吗？不，绝对不会。侦探小说是一种具有一定条件（形式）的文学。这就跟诗歌与戏曲都具有一定条件一样。只不过，诗歌与戏曲的条件越是完美、充分，便越能成为优秀的文学，而绝不会最终归于同一种形式中。侦探小说其实也是如此，越是充分满足其条件，越能成为优秀的文学作品，便越能成为一门艺术。

那么，侦探小说的条件是什么呢？它包含谜团、逻辑思考，以及解决问题这三个重要条件。在这种小说中，小说与逻辑思考结合在了一起。将这两种截然不同的精神活动奇妙地结合在一起的文学，便是我们所说的侦探小说。从这种意义上来说，在所有的文学作品中，侦探小说可以说是最智慧、最具高尚精神活动的文学，同时也是最具情感、最刺激的文学。这种文学，在文学发展史上是极其近代的产物，而它未来的成长，定是不可估量的。

即便是如今的日本，侦探文坛才不过十余年的历史。现在之所以会陷入僵局，是因为人们早就误以为像柯南·道尔、莫里斯·勒布朗、范·达因①、埃勒里·奎因②这些比较受日本人欢迎的欧美作家所提出的——侦探小说所具备的条件——就是最顶尖的形式。这导致他们误以为只有像欧美侦探小说那样的作品，才是侦探小说发展的唯一模式。就算是作者，也完全承认前面提到的作家，他们所创作的侦探小说都是优秀的作品。但作者也确信，这些并不是至高无上的形式。如今的欧美也正在陷入侦探小说非艺术论之中，这是因为欧美的侦探小说容易传播出去，这种情况反倒令他们削弱了将侦探小说作为艺术的憧憬与鼓励。

我们没有必要将欧美风格的作品视作是至高无上的存在。侦探小说的至高形式，应该基于侦探小说艺术论的思想之上，就算经我辈之手反过来传至欧美，也没什么好战战兢兢的。

于是，作者便按照他的想法，朝着自己期待的未来努力奋斗，并在首次创作中体会到了乐趣。

但说实话，并不敢声称作者迄今为止的作品表现出了他万分之一的野心。更何况，现在的这部作品也并非完整具体地展现了

① 范·达因（1888—1939），美国作家、评论家。其塑造了知名侦探菲洛·万斯这一形象，提出过著名的"侦探小说二十法则"。代表作：《主教杀人事件》《格林家杀人事件》等。
② 埃勒里·奎因：由弗雷德里克·丹奈（1905—1982）与曼弗雷德·李（1905—1971）这对表兄弟合用的笔名，亦是他们笔下的侦探名字。奎因对世界侦探小说的发展起到了重要作用。其优秀作品众多，代表作：《X的悲剧》《希腊棺材之谜》《灾难之城》等。

这份野心。不过，只要读者能够从这部作品中看出，他正面朝着自己所希望的方向站着，那么他的愿望就已经实现了。他只要承诺未来将会朝着这个方向前行便足矣。要想取得成功，还需要很长的时间。

这部作品是寻求新形式的一次尝试，通过纯粹的体验描写（主观描写）刻画了小说的主人公——一位叫良吉的青年。在原本的侦探小说中，向来都是以现实描写（客观描写）来刻画所有人物，如果允许体验描写的话，那就只能单纯创作华生那样的角色，这便是道尔-范·达因法则。但是这部小说的作者，如今却对这则金科玉律做出了反叛。而作者未来想要尝试的形式，并不只有这一种。这不过是作者迈向未来、实现承诺的第一步。

如上所述，作者一面充满热情，一面怀有巨大的担忧。尽管作者有着一腔热血，但侦探小说艺术论无论是在理论上还是在实际效果上，都有可能以彻底的失败告终。这其实取决于作者未来的努力，或取决于与作者有同感的其他作家的合作情况。即便以失败告终，作者也不会心生丝毫哀叹。即便他被自己所深爱着的侦探小说界驱逐，最终长眠于原野尽头的墓地中，他也一定会为日本侦探小说界即将迎来的年轻时代，以自己的亲身经历描绘出那段充满教训的历史。

（译者：温雪亮）

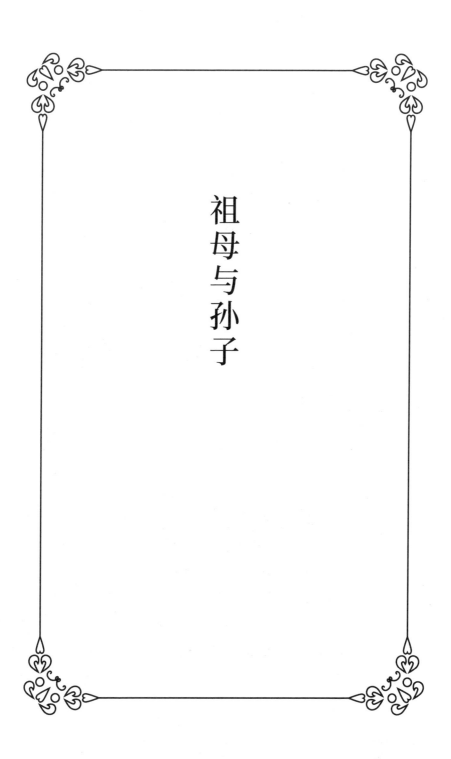

祖母与孙子

一

"祖母，良吉今天到哪儿去了？"

"我不知道啊。外面天气这么好，估计是去哪儿玩了吧。"

比良良三皱起了眉头。他在自己母亲面前的椅子上坐下，开口道。

"什么叫'去哪儿玩'，祖母，他已经不是小孩子了。就因为祖母你一直把他当小孩子，一直惯着他，他才变成了现在这般废物！"

"就因为他不是小孩子了，所以我才不能时时刻刻看着他呀。"

祖母反驳道。

这对母子总是为了孙子良吉而争吵。而且，一谈到良吉，无论是母亲还是良三，就都立刻变得寸步不让。

良三又皱了一阵眉头，突然转头看向坐在自己身旁椅子上的妻子，说道："母亲，你昨天听安子说了吧？"

良三有时称自己的母亲为祖母，有时称她为母亲。称呼她为母亲时，表示他对自己母亲的抗议已经到了白热化的地步。

"最近敏也是不是经常莫名其妙地干呕？你注意到了吗？"

"怎么什么事情都要推到我头上来呀？真讨厌。"

"我没有把事情推到母亲头上。安子说，那可能是怀孕了。

所以，昨天和今天，我也在观察她的样子，应该是真的怀孕了。"

"怀孕了？"

祖母惊讶地问道，她看向了安子。

"祖母，一周前我就注意到了——应该是真的——她总在犯困呢。"

"是啊。要这么说的话，好像是这样的。"

"母亲，现在不是说'要这么说的话，好像是这样的'的时候了。对方究竟是谁？"

"我现在也在想……"

"母亲，你再想下去我就要发愁了。那个人是良吉啊。"

良三说完，怒气冲冲地瞪着母亲。

接着，才再次问道："母亲，你不这样觉得吗？"

"也许是良吉吧。"

祖母似乎大受打击，出神地说道。

良三"啧"了一声，看起来非常失望地扫了一眼妻子，紧接着又转向祖母："母亲，你不是每晚都和良吉睡在一个屋子里吗？良吉他有没有什么不同以往的地方？"

敏也是侍奉祖母的女仆的名字。她睡在离祖母睡觉的隐居所又隔了一个房间的地方，每天从早到晚都在祖母身边侍奉着。她是一位今年十九岁的姑娘。

良吉从小就由祖母抚养。他十岁之前，都是和祖母睡在一张床上的。似乎是习惯了和祖母同睡，直到今年，二十六岁的他依然每晚都和祖母睡在一间房里。因此，良吉也住在隐居所，自然而然地跟祖母一起接受敏也的照顾。

"母亲,你就不觉得自己有责任吗?"良三质问道。

"什么责任……我虽然也在监督他们,但良吉已经是个大孩子了,而且,像敏也这么好的姑娘,良吉会动心我也不奇怪……"

"母亲!"良三像是斥责似的说道,"母亲,你别每次一提到良吉的事情,就想着睁一只眼闭一只眼。良吉会变成现在这种懒货、这种一事无成的废物,都是母亲你的功劳。"他大学也就读了一年,自以为是地说着什么社会科学、什么经济学之类的话,召集一大帮人,晚上在街头游荡,最后被警察抓进了局子里……我都没法在朋友面前、在世人面前抬起头。这些,都是你的错。从他小时候开始,只要我想训斥他,你马上就会打圆场,就会替他辩解。有你这种惯着他的人在,孩子注定变成废物。他变成现在这种蠢材,都是母亲你造成的。"

说完这些,良三的怒火似乎还没有消退,接着说道:"虽说良吉刚生下来的时候,我不方便,就把他交给你来带了。毕竟那时候,我也处于事业上升期,没有多余的精力教导孩子。而且,我当时没有经验,没想到把孙子交给祖母来带会长成这个样子。事到如今,就算我说要你把他变回去,把原来的他还给我,他也变不回来了。愁死了。我的朋友们都在嘲笑我,'这个叫比良的家伙,就顾着赚钱,结果把孩子养歪了'。况且,这之后生出来的又都是女孩。"

说着,良三的怒火渐渐平息下来,最后他露出一副为难的表情，说道："然后，这件事你打算怎么处理？"

"敏也已经没有地方能回去了。"祖母这么说道。

是的，的确是这样的。

敏也这位姑娘，没有能回去的家了。敏也的父亲现在是比良家的男仆。比良家在宽阔的庭院中划了一小块地方，改建成了男仆宿舍，敏也的父亲就住在那里。敏也没有兄弟，跟自己的父亲两人相依为命。要是被比良家赶出去的话，她只能回到父亲的男仆宿舍里去了。而且，要不是父亲有这份工作，两人现在就只能在街头流浪了。

祖母在庇护这两个人。这是因为，敏也和她的父亲与祖母有着很深的交情。

祖母的丈夫，也就是良三的父亲、比良家的上一任家主，是陆军中将。正值日俄战争结束，陆军势力重新洗牌的时代，比良中将在即将成为陆军大臣的时候突然撒手人寰了。或许现在还有人记得比良中将吧。

比良中将不仅有军事能力，而且在政治、实业领域同样口碑甚佳。特别是他从一穷二白起家，最后成了军人们的楷模，他凭借这一点闻名于世。在陆军大臣换届的时候，比良中将的名字也出现在了候选者名单之中，但当时他已经身患重病，无法起身，陷入了昏睡状态。正当各家报纸鼓吹比良中将即将成为大臣的第三天时，他去世了。他的突然离世，给人的感觉像是自杀，因此有传言说，比良中将成了无情冷酷的企业家的牺牲品，在政治斗争中落败而自杀。但比良家说，实际上并不是这么一回事，中将是在准备大显身手的时候被病魔夺走了生命。而比良中将有一位忠实的部下，是一位叫竹村的上等兵。竹村便是敏也的父亲，在那之后又饱经命运无情的折磨，现在在比良家担任园丁。

"就算她没地方能回去，良吉也不能娶一名女仆当妻子吧。母亲，如果你有这个打算的话，就大错特错了。"良三大声喊道。

"只是，我想，敏也的干呕，最好还是再观察一段时间吧，也不一定是有了身孕。而且我想，孩子的父亲也不一定就是良吉。"

"母亲，你还在掩耳盗铃吗？良吉就是孩子的父亲，这件事已经传开了，女仆们还有其他人，大家都已经知道了。其中还有人找到了不少证据，说得有鼻子有眼。而且，也不能去找敏也确认。如果她承认对方就是良吉，那她就立刻占上风了。这绝对不行。"

良三稍稍抬起肥胖的右肩，摆出了一个奇怪的姿势。这是他为难的时候经常会做的动作。

良三是比良中将的第三个儿子。中将的第一个儿子跟父亲一样成了军人，做到了中尉，最后在日俄战争的战场上战死了。第二个儿子成了新闻记者，当父亲和哥哥在满洲①的原野上战斗的时候，他作为战地记者一同前往了满洲。不料，在那之后他便失踪了。或许是被敌方的炮弹砸中了脑袋，或许是被掳去当了俘虏，总之，距离他失踪已经过去了将近三十年，其间杳无音信。他也从"可能不在人世"变成了"已经不在人世"。

---

① 满洲：地名。清末日俄势力入侵，假部族名为地名，称东三省为满洲。

第三个儿子良三，踏上了与自己的父亲和两位兄长完全不同的人生道路。他一开始就立志进军实业界，所做的一切努力都是为了赚钱。他的长兄毕业于陆军大学，次兄毕业于帝国大学的文科专业，而他却仅仅毕业于实业学校，并且刚毕业就投身于制糖公司，度过了不折不扣的艰苦奋斗的前半生。长男良吉出生的时候，正值父亲比良中将留下债务撒手人寰，又逢次兄被政府判定为失踪，家里穷得揭不开锅。祖母作为陆军中将的遗孀，还担任过皇族的家庭教师。在丈夫的阵亡抚恤金不够维持生计的时候，祖母便以这份工作补贴家用。这一时期，良吉是完全交由祖母抚养的。同样也是在这一时期，将长男交给祖母抚养的良三夫妇日夜艰苦奋斗，为之后在实业界的一飞冲天打下了基础。

良三的努力终于有了回报。他现在已经坐拥百万资产，成了令日本经济界啧啧称赞的知名企业家、资本家。

豪华壮丽的比良家的本宅坐落于代代木①。

本宅有着郁郁葱葱的宛如森林般的庭院。比良家的森林邻近明治神宫的森林，二者风格相称，仿佛是明治神宫森林的延伸。

良三一筹莫展，将目光投向了书房窗户外郁郁葱葱的森林。十月上旬，午后的阳光洒在栎树秋季新长出来的嫩芽上，给人一种春季即将重来的错觉。

---

① 代代木：位于日本东京都涩谷区北部。代代木的名称源自现在明治神宫境内御苑东门（旧井伊家下屋敷）附近的代代大枞树。

二

在祖母与良三夫妇沉默的空当儿，良吉露面了。

"啊，祖母，你在这儿呀。"

良吉看向祖母的脸。

听到良吉的声音，祖母脸上的表情似乎有所变化。但是良三抢在祖母开口之前说道："良吉，我有事找你，进来吧。"

身材高挑的良吉慢吞吞地走进客厅。看到三人的样子，他敏感地察觉到现场的气氛，表情一瞬间变得有些僵硬，但很快，他就刻意恢复了原来的表情，摆出平静的态度问道："有什么事吗？"

"你小子，终于犯下了我最忌讳的那种事啊。"

良三一开口就是这句话。

良吉根本不知道父亲在说什么，所以当他听到父亲的这句话时依然不动声色。在刚进入房间的时候，良吉察觉到房间内的气氛，表情有所改变，但他在听到父亲这一尖锐的提问后，却没有摆出该有的认真态度，这让母亲安子非常困惑。

"父亲所谓的最忌讳的事情，是什么事情？"

"是女人的问题。你父亲我啊，一直觉得，你是个懒货也好，大学中途退学也好，打着什么社会科学的幌子跟一群不三不四的人混在一起也好，在自家工厂工人闹罢工的时候去当什么劳动者的伙伴让我头疼不已也好，这些都还说得过去。因为我觉得，这都是为了你的将来而进行的修行。换句话说，你和这世上的大部分小伙子不一样，也是没办法的事情。不，从某些方面来看，这世上有不少年轻人玩世不恭、放荡不羁，向女仆出手——比起变成那种人，作为父亲的我还觉得，你的行事作风好歹还像是比良家的种。当然，和我同年代的家伙们总说：'比良，他还不如在女人的问题上放荡呢，你给他擦屁股还轻松点。'在你被警察起诉的时候，我也曾这么想过。但后来我回过味儿来，觉得还是你的行事作风更像比良家的种——结果呢，你不但惹出了女人的问题，还惹了个最要不得的问题。"

"最要不得的问题？"

"对的。要是咖啡店的女服务员，或是艺伎什么的，我都能给你擦干净屁股——就算擦不干净，总归也是金钱可以解决的问题。可是，对方如果是别人的妻子或者女仆之类的，就另当别论了。你也多少学过点法律，应该很清楚吧？"

听到"别人的妻子或者女仆"这句话后，良吉的表情突然有所改变。他似乎是要掩饰这一点似的，抢先开口道："父亲，您是随便在跟我讨论问题吗？还是针对什么具体的事情？"

"什么？才不是跟你讨论。是你自己的事——敏也怀孕了。"

安子从良吉的表情中，看到了非常不可思议的变化。

良吉在听到敏也的名字之后，表情上像是松了一口气。出于母亲的敏感，安子不得不怀疑，良吉在隐藏一个重大的秘密，这个秘密的分量远远超过敏也的怀孕。故而，良吉一点都没有注意到敏也怀孕之类的事情，因为这对他而言只是家常便饭般的小事。想到这里，安子感到有些不安。

"你为什么这么冷静？"

听到父亲的这句话后，良吉这才理解了父亲的意思，露出了了然的表情。然而他的神情中没有丝毫的苦恼："父亲，您这是冤枉我了。"

"冤枉？胡闹！我是你父亲，你还以为能骗过我的眼睛？"

听到这句话，良吉沉默了。

接着，良三、安子、祖母也都陷入了沉默。

良三似乎并不了解良吉的脾性。然而，安子却对此再了解不过。

良吉只有在被追究不属于自己的罪责时，才会展现出这副不同寻常的态度。这或许是良吉与生俱来的特质。总之他会辩解一次，说这不是自己的错，他是被冤枉的。但要是对方没有立刻接受他的说辞，他就不会为自己辩解第二次了。有时候，当他遭到对方的怀疑时，他甚至不为自己辩解，立即主动背负起"不白之冤"。所以，良吉的沉默究竟意味着肯定还是否定，就连安子也会频频困惑。

祖母是最了解良吉的这种脾性的人。

良吉羞于仰仗自己的功绩，但会因为身负他人的罪责而获得自信，他就是这种性格的人。良吉自己也非常清楚这一点。他猜测，这或许也是祖母教育的成果。从小时起，祖母就照顾着他，他被人冤枉的时候，祖母会替他辩解。一旦遭到冤枉，他选择忍耐下来之后，结局或是沉冤得雪，或是彻底征服了冤枉他的人。于是，他觉得自己的能力迈上了一个新的台阶。或许就是这个原因，最终酿成了他的这种脾性吧。

良三沉默了一会儿。

"我之后会想办法处理的——要不，把你送去国外吧。良吉，你去趟国外再回来吧，待个两三年，学学经商或者别的什么都好，毕业了再回来。这件事情我之前就想过一次，在你大学中途退学，被抓进监狱然后回到家的时候，我其实就在想了。要是把你送去国外读个两三年书，你就会明白，现在日本的什么社会运动有多愚蠢。想通了，你就不会继续闹下去了。我不是怕世人的指指点点。总之，我寻思着，说不定把你送到国外去，才是真的为你好。但那时候我下不了这个决心，而且祖母也第一个出来反对这个想法。但我现在已经下定决心了。就这么办吧，这是个好办法。母亲、安子，把良吉送去国外待个两三年吧。"

听到这个提议，良吉立刻看向祖母的脸。

祖母的表情发生了变化。良吉想，祖母一定会反对，她一定会出言反对"让良吉离开自己身边"的这个提议。转头看去，父亲和母亲似乎也有这个想法，两人都在观察祖母的神情。但祖母略显动摇的表情很快就消失了，接着，她开口道："良吉也说过想去国外看看是吧。"

这一句话出乎了众人的意料。

在良吉听来，祖母这句话的意思是要自己必须前往国外。差不多在一年多以前，良吉的思想发生了转变①，提议说希望去国外留学的时候，祖母的反对意见是最为强烈的。祖母的意见是，他不能丢下自己这把老骨头，跑去国外待上两三年都不回来。等到自己过世了，他再去也无妨。然而，祖母的年纪比起当时明明更加年长了一些，但她现在的口吻却仿佛是在说"你去吧"，简直有些不可思议——这么想来，父亲的话中可能还有些不同的含意。良吉曾因青年共产联盟的案件牵连入狱，被新闻大肆报道。哪怕在那时，父亲也没有说过"自己没法在世人面前抬起头来了"之类的话。但是现在，父亲以为敏也的事情是真的，竟然产生了这样的想法。那么这件事会比被新闻大肆点评还要难堪吗？两件事情难道不是完全一样吗？认为某件事情不可耻，而另一件事情可耻，这又是什么道理？如果认为某件事情可耻的话，那么应该会觉得另一件事情同样可耻才对。反之，如果认为某件事情不可耻的话，那么应该会觉得另一件事情同样不可耻才对。良吉觉得，这就是自己与父亲所处时代不同的最佳体现了。

正当良吉思考着这些事情的时候，静静地盯着良吉、似乎想要读出良吉想法的父亲骤然色变。

"蠢材！我是觉得你祖母可怜才训斥你的！就是因为被祖母养着，你才变成了这样的蠢材！你已经过了那个骂完就能懂事的年纪了。在两周内做好准备，护照我会拜托外务省的朋友尽快弄好。你就乘三等座的火车去吧，对你来说坐船浪费了。我也去过那儿，在西伯利亚坐三等座，受点折磨滚去欧洲吧。等你出国了

---

① 这里的转变特指放弃共产主义。

之后，我会处理敏也的事情。但是，我先说好了，在处理敏也的这件事上，良吉，你小子没资格提要求。"

良吉沉默着朝父亲鞠了一躬，便离开了书房，朝自己的房间走去。

或许在良三看来，这便是良吉的反抗，因此良吉听到了身后的父亲大喊："愚蠢的家伙！"

父亲总是骂他"傻瓜"或是"蠢材"①。

不过，当良吉不赞同父亲的看法时，无论父亲再怎么怒吼，他都无动于衷。但是当良吉自觉难堪、自认没理的时候，父亲的怒骂便会直击他的灵魂。在这种时候，跟"傻瓜"一词相比，"蠢材"一词更会让良吉在感性层面上产生格外强烈的共鸣。不仅会产生强烈的共鸣，哪怕过了好几个月之后再回想起这件事时，"蠢材"这个词依旧有着跨越时间重击良吉的力量。不过，今天的良吉觉得自己似乎能将这些词一个接一个地反弹给父亲。

三

正当走到位于另一边的自己房间附近时，良吉感觉敏也似乎在他身后小跑着追了过来。

"怎么了？"

"涩谷的太太刚刚打电话过来了。"

---

① 日语中，傻瓜写作"馬鹿"，蠢材写作"阿呆"。"馬鹿"指的是人干了傻事，"阿呆"指的是人本身的愚蠢。

"找我的吗？"

"是的。她说希望今晚能与良吉少爷见面，因此请您今晚尽量不要出门。"

良吉看向敏也。他终于理解了父亲话语中的意思。

这段时间，敏也的脸色青白，没有精神。良吉也目睹过两三次敏也即将吐出来的样子。他想到了与滨崎结婚的自己的妹妹叔子，叔子两年前怀孕的时候，也曾因孕吐而饱受折磨。原来如此，父亲、母亲以及祖母谈论的原来是这件事啊。

"敏也，你身体不舒服吗？"

"不，也不是身体不舒服。只是，似乎胃不太舒服。"

"要叫五十川先生过来看看吗？"

"嗯，麻烦您了。隐居大人 ① 之前给了药，我在喝那个药。"

良吉笑了："祖母给的药，有效果才怪呢，管什么用呀。祖母自己得病的时候，喝剩下的许多药就放在那里，过了两三年才给你，不会有效果的。而且她自己都不知道是什么药，胃不舒服的时候，她给的说不定是治肺炎的药呢。"

良吉突然想起祖母患肺炎时候的事。那时他已经在监狱中待了很长一段时间，恰好赶上祖母患病了，他才能提前回家。

回家一看，一位自己不认识的小姑娘正尽心尽力地照顾着祖母。这位小姑娘便是敏也。

敏也长得不高，身材却颇为肥胖。她有一张圆脸，是个大脑

---

① 这里的"隐居大人"是对良吉祖母的称呼。隐居在日本家族制度中指的是，当年老或体弱多病的家长不再有足够的能力管理家庭或家族时，就要把家族的经济权、管理权等交给继承者，以使"家"能够更好地发展。

门。她的大脑门给人一种知性的感觉，再加上无论良吉说什么，敏也都会积极地倾听，吩咐的事情她也从未犯过错，迄今为止，良吉虽然对敏也抱有好感，但绝对没有父亲所怀疑的那层意思。如果父亲所说的"我会处理敏也的事情"的意思是他要将敏也打发到别处去的话——这么想来，良吉或许并不会感到寂寞，但是祖母应该会感到不便。自己以后也不在祖母身边了。想到这里，他突然有些不安。

"让五十川先生过来看看吧。我给他打电话。"

"谢谢您。但是，五十川先生总是开些玩笑。这话我们换个地方说吧……"

"什么玩笑？也就是说，有人在说敏也的闲话咯……"

"嗯，其他女仆和书生 ① 们似乎在说我怀孕了。"

"这件事祖母知道吗？"

"知道。是隐居大人最先开始说的。接着好像还提到了良吉少爷的名字。"

"你说什么？我和敏也的孩子有关，这是祖母说的吗？"

敏也的脸涨得通红。

"不是的，只是隐居大人的自说自话而已。"

通过敏也含蓄的发言，良吉猜到了祖母的原话。她说的肯定是——"如果是良吉的孙子，那我还真想快点看看他长什么样。"祖母曾对其他人这么说过，良吉也有所耳闻。本该说"良吉的孩子"，但祖母却说成了"孙子"，当时他觉得很好笑，因此记忆十

---

① 书生：在日本的明治、大正时期，特指住在别人家里并承担家务工作的学生。

分鲜明。

在与敏也交谈的时候，良吉突然想起了父亲的话，心中涌起了不安。因此，他不小心说漏了嘴："敏也，我最近可能不会在家了。但你千万不要离开祖母身边啊。"

良吉回到了位于隐居所另一边的自己房间，趴在了书桌上。去国外这件事虽然是父亲的命令，但也是个出乎意料的幸运机会，他可以趁机了结一下自己现在不清不楚的情绪。他不知道敏也怀孕的说法是真是假，如果是真的，那么无论对方是谁，恐怕都不愿意在这个时间点主动现身吧。这样一来，由自己来替对方背负这个罪名倒也无妨。而且还在偶然间为自己带来了去国外留学的机会，因此他欣然背负了这个罪名。

隔壁房间里传来了沉重的脚步声。良吉想到是祖母回来了，因此出声打了个招呼。没想到祖母摆着一副似乎不太愉快的表情，进了良吉的房间。

"祖母，我真的可以去国外吗？要是去国外的话，两三年都没法回来了。"

"你父亲都那么说了，也没办法了吧。"

"嗯。要是祖母能更加长寿的话，我倒是想去国外一趟。"

"我也不知道自己能活到多大岁数。总之我已经七十岁了——已经比你祖父多活二十年了。"

良吉想，祖母已经不像上次那样坚决反对了，那么她现在或许已经放弃了吧。想到这里，良吉突然觉得祖母有些可怜。就因为自己的事情，祖母被父亲母亲说得那么难听，实在有些可怜。

"祖母，您也跟父亲和母亲一样，觉得我是废物吗？"

"嗯，你是废物吧，要说你不是，也难吧。"

"不是的。就算我变成了废物，这也不是您的原因。我就是我。这就是真正的我，不会因为您做了什么，或是父母做了什么而有所改变。只是，我也在渐渐朝着某个方向发展着。"

听到良吉的这番自我剖白，祖母觉得非常稀奇。良吉这个孩子，很少会谈论自己。似乎无论别人怎么想，他都不会在意——想到这里，祖母突然放弃了批评良吉的想法。说到底，无论如何，他都是祖母的孙子。对祖母而言，他只有这么一重身份而已。

祖母的这些想法，良吉也能明白。因此，他才觉得祖母的爱是一种盲目的爱。祖母爱他，只是因为他是祖母的孙子，只出于这唯一的理由。

到了傍晚的时候，敏也前来告知晚餐已经准备好了。祖母说自己一会儿再去，因此良吉沉默不语地前往餐厅。到了餐厅他才发现，与自己年龄最为相近的，也就是嫁入了滨崎家的妹妹已经到了。

"啊，叔子啊。你刚刚打电话说要过来是吧。"

"啊，对的。我今天想跟哥哥商量一些事情。"

"怎么了？你说的商量，不会又要假借商量事情的名头，来向我抱怨吧？"

"哎呀，不是的。今天是有别的事情啦。"

"那你说说看。"

"在这里不方便说啦。之后再跟你说。"

良吉摆出一副仿佛在说"无聊"的表情，陷入了沉默。

这时，母亲安子问道："良吉，祖母呢？"

"不知道。应该是在隐居所。她说过一会儿再来。"

"我去叫她过来！"

年幼的妹妹胜子说完这句话就跑开了。

最后她回来了，说道："祖母说，她今天不舒服，就不过来了——然后她说，晚饭让敏也送到隐居所去。"

"那么，祖母在做什么呀？"另一个妹妹政子问道。

"祖母啊，她很奇怪哦。祖母不是有一个装着勋章的箱子嘛，她把那个箱子打开了，正在观赏呢。然后啊，不是还有装在同一个柜子里的另一个箱子嘛，就是那个装着很可怕的东西的箱子，她也把那个箱子拿出来在看呢。"

"是吗？是那个装着手枪的箱子吧。"

叔子和政子对视了一眼。接着，她们一同看向母亲安子，问道："祖母今天怎么了？"

每当祖母心情不好的时候，或是和父亲有争执的时候，她便会拒绝吃饭。要是心情更不好的话，就会拿出已经过世的祖父的勋章凝望。祖母不只收藏了祖父的勋章，还收藏了祖父的手枪，不愿意放手。手枪中装填的是货真价实的子弹，外面只裹着一个以前军人用的皮质枪套。这两样东西是祖父的遗物，由祖母精心保管。每当祖母心情不好的时候，她就会将这两样东西拿出来，盯着它们发呆，一看就是一两个小时。虽然手枪十分危险，并且持有手枪需要向政府申报，向政府申报后，偶尔也会有警察前来调查，非常麻烦，但祖母依旧不愿意放手，家里人也只好顺着她了。

"除非是手枪被人偷了，不然她是不愿意放手的吧。"

叔子的丈夫滨崎药学士 ① 曾这么对父亲说过。但是直到现在，手枪还好好地藏着，没有被人偷走。

只有这两样东西，祖母是不愿意让任何人碰的。除了偶尔会让良吉帮忙清理手枪以外，装填子弹、放入枪套这些动作都是祖母亲手完成的。手枪一直保持着里面有子弹的状态，随时可以射击。因此当看到祖母盯着装有勋章和手枪的箱子发呆时，叔子和政子提出了"祖母今天怎么了"的疑问也是情理之中的。

"祖母有没有念叨明治大人呀？"政子问胜子道。

"没有念叨，但是祖母摆着一副很可怕的表情看着手枪呢。"

"是吗？胜子，你偷偷躲起来听着，像今天这种日子，祖母她肯定会念叨的。"

"明治大人"是指祖母朝着明治神宫遥遥参拜时念念有词的，像是祈祷似的话语。

当祖母心情不好的时候，她就会把自己人生最后的诉求讲给明治神宫听。当祖母喃喃地念着"明治大人"的时候，就是祖母心情最差的时候，或是她最悲伤的时候——总之，这意味着祖母此时的心情并不平静。

---

① 药学士：指的是大学毕业后获得药学学位的学士。

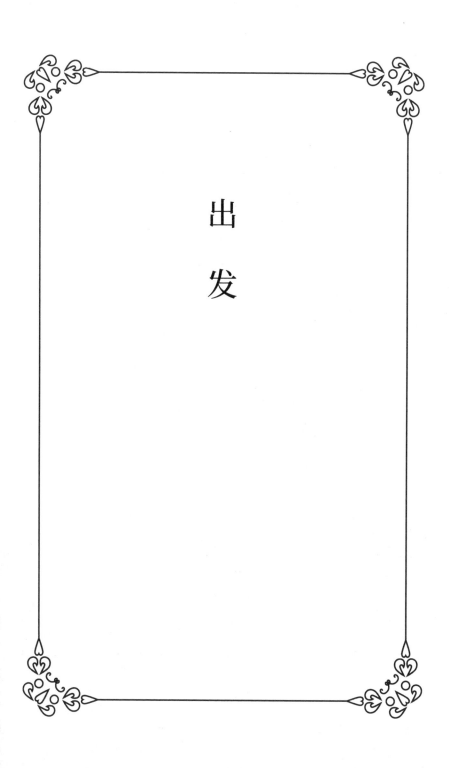

出

发

一

"我大概会去欧洲——啊，这件事情母亲和父亲本来是不知道的。我决定去欧洲是想要整理整理思绪，并借此作为人生的新起点。父亲已经点头了。所以，我寻思着找滨崎谈谈。此外还有不少事情得拜托你。"良吉对妹妹叔子说道。

"好的，当然了。哥哥你不在的时候，滨崎也一定愿意出力的。话说回来，今天我给你打电话是因为出了件烦心事。"

"是吗？居然不是对我的事情有话要说啊。"

"哎呀，哥哥，难道是上次见面过后，你做了什么要遭人指指点点的事情吗？"

"没有，不是，应该没有，我——"

"我要说的啊，是政子的事情。"

"政子的事情？政子怎么了？"

"呃，政子啊，好像跟坂本先生，嗯，关系不错。但是之前不是还和日野先生交往过吗？所以，日野先生似乎心怀怨恨呢。我最开始也不敢相信啊，但是听政子的意思，日野先生似乎在胁迫政子呢。"

"是吗？最近我也觉得日野那家伙有些奇怪。政子也是的，没必要和那么多人保持亲近，这也是她的不对。"

"是啊，虽然父亲一直说她天真无邪的样子挺好的，他就喜欢这样的孩子……"

接着，叔子说了不少事情。

叔子是良吉的第一个妹妹，嫁给了在父亲工厂里担任技师的一位叫作滨崎的药学士。良吉的第二个妹妹叫政子，今年二十一岁，还住在自己家。两年前，这位叫日野的理学士 ① 开始在父亲的工厂工作后，政子与日野的关系开始亲近起来。当然，两人之间没有婚约。但日野经常造访位于代代木的比良本宅，看得出来他的确对政子抱有好感。可惜在七八个月前，工厂里新来了一位叫坂本的药学士，听说他很快就抢过了日野的风头，接近了政子。

"你说的胁迫，是怎么一回事？"

"政子也没有明说啊。总之，政子最近好像非常害怕呢。所以，想麻烦哥哥想想办法，让日野主动放弃。"

"也就是说，政子觉得坂本是一个不错的选择咯？"

"她也没说坂本先生不错，只是似乎觉得如果对方是坂本先生那样的善人，就不需要担心了——总之，我猜，她应该是中意坂本先生的。"

"这两个人我都不赞成。不过，所谓人各有所好，我们也没办法。只是这两人都没有主见，都是资本主义的走狗。"

说完这句话，良吉看了眼政子的脸色，急忙加了一句："滨崎不一样。我不在的时候，很多事情还得麻烦滨崎帮忙。"

"哎呀，哥哥你也挺会奉承的嘛。"

"也不是这么回事。还是说政子的事情吧。政子觉得我有能

① 理学士：指的是大学毕业后获得了理学学位的学士。

力让日野主动远离对吧?"

"当然了。不只是政子,我和滨崎也都觉得哥哥有这个能力。大家都害怕哥哥呢,都觉得哥哥是那种只要认定了某个目标,就会不择手段去实现的人。"

"哈哈哈,我不过就是去监狱待了一阵子,周围的人就这么看待我了吗?你们真是一点都不相信父亲呢。"

良吉说完便笑了起来,接着道:"在出门之前,这件事情我会处理好的。放心吧。"说到这里,他又添了一句奇怪的话,"叔子,我也要转变思想了。从监狱出来后,我就转变了。只是这半辈子里,我身上附着了太多的东西,一时半会儿整理不清楚。这次,趁着去欧洲的机会,我准备在那儿把这些东西都整理干净。嗯,在那儿。"

叔子以为这只是随口的一句话。她没想到,"在那儿"的这句话,之后有着更为具体的含意。

这时,敏也走进了房间:"良吉少爷,隐居大人叫您。"

"嗯。祖母还在盯着手枪吗?"

"不,已经将它收起来了。"

听到这句回答后,叔子和良吉偷笑着站了起来。

回到隐居所一看,祖母已经睡下了。良吉大大咧咧地在祖母的枕边坐下,说道:"祖母,叔子来过了。听到您心情不好,害怕地回了家呢。"

"我可没有心情不好。只是,良吉,你跟我说实话,你怎么看待敏也?"

"什么怎么看待？我跟敏也之间什么都没有。只是正好趁着这个机会去欧洲看看，踏上崭新的人生道路。所以，我就准备暂时背着这个罪名了。过个一年半或是两年，我就回来。祖母您也是同意的吧？"

"一年半啊。那我就准备再活个一年半左右吧。去年肺炎痊愈了以后，托明治大人的福，我觉得自己还能再多撑一阵子。"

良吉突然觉得祖母非常可怜。

因此他沉默不语地站了起来，换上庭院用的木屐，去了庭院。已经接近中秋，一轮皓月当空，庭院里洒着斑驳的树影。良吉沉默不语地走了几步。

因为祖母盲目的爱，良吉经常暗暗在心中恼怒。有时，他甚至为此而憎恶祖母。

但是，对于良吉来说，憎恶祖母与憎恶自己没有多少区别。比如说，良吉从小就喜欢看书，但是父亲却不喜欢让孩子读书。所以父亲经常来祖母房里抱怨，别让年幼且弱小的孩子读书读到太晚。有时候他还会突然进入卧室，撕坏良吉的书。最后，祖母想了一套办法，让父亲不要妨碍良吉读书。她将卧室所有透光的地方都填得严严实实的，为良吉打好掩护。而在这种时候，不知为何良吉却非常愤怒，撕破了遮光的窗帘。长大之后回想起当时，他觉得自己之所以感到不快，或许是厌烦祖母包庇他的错误，又或许是祖母的做法如同承认了让自己读书是一件错误的事情。

后来，良吉因思想问题被判了罪，父亲将其原因归结为良吉从小便开始读书的经历，因而责备祖母，说是祖母的错。明明父母以及祖母似乎都已经默认了良吉全权交由祖母抚养，但却因此争吵，良吉对此感到既可笑又愤怒。

父亲和祖母两人从未体谅过良吉本人的身心成长，却经常为了良吉而争吵。无论良吉十岁还是二十六岁，争吵从未停止过。

有时候，良吉会想到，这个世界上有许许多多的孙子，但这些孙子中，是否存在着像他一样的孙子呢？被祖母抚养长大，仗着在心理上与祖母有着无法切割的联系，与自己的父母抗争。

不料，这个世上居然真的存在这样的人。有一天，他读到了志贺直哉①的《大津顺吉》。志贺直哉以某种形式详尽地描绘了一个被祖母抚养长大的孙子的形象。自此，良吉变成了志贺直哉的书迷，对志贺直哉描绘的祖母产生了亲近感。他还试着将自己的祖母与小说中的祖母形象进行比对。两位祖母有着许多相同之处，也有着许多不同之处。

良吉的祖母有时候会鼓起身体里蕴藏的所有勇气。良吉被抓进监狱后，祖母患上了肺炎。祖母忍受着呼吸困难，用尽自己所有的关系，为良吉谋划出路。作为比良中将的遗孀，祖母与司法界和军界中不少顶层人物有过交往。这些熟人大多曾受过比良中将的关照。

祖母将这些大人物一个接一个地请到自己病床边，为良吉的事情向他们求情。这时的祖母带着一股威严。

而且重病更为祖母的威严添了几分色彩。

---

① 志贺直哉（1883—1971），"白桦派"代表作家之一，被誉为日本"小说之神"，著有《清兵卫与葫芦》《和解》《大津顺吉》《暗夜行路》等经典小说。其因对日本文学的贡献，于1949年获颁日本文化勋章。

父亲和母亲都非常惊讶。后来，良吉听说这件事的时候想道：当时比良中将做出从军界跨越到政界的选择，祖母是否也在这背后出了很大的力呢？

但在平时，祖母却如同换了个人一般，表现得非常和蔼。她还经常会被孙辈们轻视。

在那之后，良吉到处寻找描写祖母的小说。

他读了厄普顿·辛克莱①的小说《波士顿》②。这是一部从侧面描写美国共产主义运动的小说，相当忠实地描绘了萨科-万泽蒂案③。这本小说的开头就有一位祖母登场。尽管这位美国祖母与孙子没有血缘关系，但对良吉而言，由于正在寻找以祖母为题材的书，因此这本别具特色的描述祖母的小说，使他产生了心灵的共鸣。这位大资本家的祖母在丈夫去世后，最终踏上了离家出走的道路。为了从各种家庭的牵绊中脱身，为了从充满各种罪恶的资本主义家庭中脱身，她选择了离家出走。尽管她原来的家庭有钱和显赫的名声，但却已经没有了任何人与人之间的真情，只剩下钩心斗角与互相伤害。她从原来的世界里脱身后，融入了劳动者的群体，从事着年迈的身体无法承受的艰辛的体力劳动。她在逐渐习惯体力劳动的过程中，也渐渐发现人与人之间互相扶持的世界是真实存在的。

① 厄普顿·辛克莱（Upton Sinclair，1878－1968），美国著名左翼作家、社会改革家，曾荣获普利策奖，是最负盛名的揭弊作家之一，作品大多揭露二十世纪初期的各种社会弊病。小说代表作《屠场》（*The Jungle*）。
② 即 *Boston : A Novel*，由前田河广一郎、长野兼一郎共同翻译成日语，1929 年在日本出版。
③ 萨科和万泽蒂是移居美国的意大利人，于 1920 年被指控杀人，1927 年执行死刑。1977 年被判定无罪。这个案件被称为美国历史上的污点。

良吉的祖母不是这样的祖母。

但是，这位祖母拖着七十岁高龄的身躯，夹在良吉和父亲之间，已经开始对这个资本主义家庭，而且是日本特有的、依靠着虚荣和外界风评建立起来的家庭的气氛心有不甘了。

良吉觉得祖母愈发可怜了。因此他才觉得，或许离开祖母一阵子才是对她好。

二

因为祖母十分可怜，所以良吉下定决心尽量不做任何旅行的准备。他每天出门散步，与朋友们告别。

敏也的身体情况是导致良吉踏上出国留学这条人生道路的直接原因，而随后她的症状也渐渐严重起来。她已经不是单纯地干呕，有几次差点就要吐出东西来了，因而无论是谁，都开始猜测这就是孕吐了。

因此，护照的申请步调愈发加紧了。出乎意料的是，良吉的护照发下来的时间比想象中要早，这时敏也的呕吐次数终于减少了，脸色也逐渐好转，同时也恢复了活力。只有良吉一个人在祈祷，祈祷敏也的呕吐可以更激烈一些。要是出发的理由在出发以前消失的话，很有可能就得取消出发计划了。而且他一定会面临两方的压力，一方是祖母的压力，一方是父亲的压力。

为了能在西伯利亚中转，良吉申请了苏联的签证。此外，他还申请了自己可能会去旅游的波兰共和国和英国的签证。考虑到签证的有效日期，他决定于十一月十日从东京出发，这样便能于十一日在敦贺港乘船，十三日到达浦盐港，紧接着前往俄罗斯。

但是十一月一日发生的一起意外事件，让他决定提前开始这段行程。

十一月一日，良吉被明治神宫祭典上燃放烟花的动静吵醒了。当他阅读敏也送来的报纸时，他被社会新闻下方一段简短的新闻吸引了注意力。这是一则有关杀人事件的报道。

住在本乡的某位公司职员的女儿被人使用番木鳖碱① 毒杀了，但却不知道凶手下毒的原因，以及凶手的身份。

不巧的是，这位死亡的小姑娘手中还紧紧握着"比良カシウ②"字样的小盒子。因此，这起毒杀或许与这个小盒子有关。如果两者之间没有关系的话，也可能是出于偶然。总而言之，这是唯一的线索。

"比良カシウ"是父亲公司开发的囗香糖品牌，也是比良家最重要的财源。

看到新闻后，良吉产生了厌恶之感。虽然报道中没有明说她的死亡与比良家有关，但他预感到这起事件将会对比良家造成重大的影响。如果真的与比良家有什么关系，说不定自己的旅程就会无限期地往后延长。想到这里，良吉躺在床上决定，他要趁今天将出发日期提前。

---

① 番木鳖碱，即Strychnine，又称士的宁，是一种有剧毒的化学物质，一般用来毒杀老鼠等啮齿类动物，对人类也有剧毒。
② カシウ：法国口香糖品牌Cachou Tissone中Cachou部分的日文音译写法。比良カシウ即"比良口香糖"之意。

提前一周动身，也就是十一月三日从东京出发的话，应该还能赶上十一月六日前往西伯利亚的火车。只要找个理由，就能更改车票日期。他暗暗下定了决心。

"祖母，我之前不是准备十号出发的嘛，我决定改成十一月三日出发了。"

"为什么？"

"我想，趁着明治大人的祭典之日出发的话会比较好。"

正当良吉说到"明治大人的祭典"时，妹妹胜子过来了。

"明治大人的祭典怎么了呀，哥哥？"

"嗯，我啊，正准备十一月三日出发呢。"

"是祖母吗，这是祖母要求的吗？"

"不，是我自己的决定。我觉得这一天会比较好。所以胜子，我今天带你去看马戏团吧。"

"哎呀，那可太好了。哥哥，胜子已经调查过了哟，马戏团有两家，一家在表参道的练兵场那儿，另一家在表宫桥的练兵场那儿。"

于是那天，良吉带着胜子去看了其中一家马戏团。想到自己很快就要跟这位小妹妹分开，良吉便决定再带她去看看另一家马戏团。于是十一月三日上午，良吉带着祖母和胜子两人出门了。

三人回家的时间稍晚于午餐开饭的时间。良吉的父母以及公司和工厂的主要人物已经在家里等着他们了。为了送别良吉，大家在中午一起吃个饭，晚上就不再目送良吉离开了。

良吉不希望大家在停车场为自己送别。因此他决定乘电车前往横滨，在横滨站转乘火车。

"今天可是出发的日子，你去哪儿游荡了？"

对于良吉的晚归，父亲有些不满。这是由于难得叫来了这么多人，但良吉本人却不在场，这让他有些抬不起头来。这一天来家里赴午宴的人全都是父亲的下属。有良吉的妹夫——滨崎药学士，他在父亲的公司担任分配部主任。日野理学士和坂本药学士，这两人在制造部担任主任技师。五十川医学士，他在检查部担任主任。此外，到访的还有几位社员，与比良一家一起围坐在餐桌旁。

尽管祖母抱怨着自己刚从马戏团回来，已经很累了，但还是在良吉的送别会上露了脸。社员们都非常了解祖母，猜测良吉的离开会让祖母伤心，因此都在暗中观察祖母的表情。然而那天，祖母的心情绝对称不上糟糕。

位于代代木的比良家的宅邸坐落于明治神宫旁边，因此能听到附近烟花绽放的声音，在庭院中还能看到烟花升上头顶。如果顺风的话，还能听到马戏团乐队的演奏声。这种秋天里晴朗的好天气，在明治节期间十分常见。

午餐是推迟开始的，因此一直持续到下午两点左右。有一两位客人回去了，但大多数客人依旧留在比良家欧式装修的豪华客厅里，有的人下着象棋，有的人播放着留声机。下午四点左右，他们三五成群地告辞，准备参拜一下明治神宫然后回家。

祖母也说自己累了，回到了自己的房间，躺在床上休息。母亲安子想到，良吉无论去哪儿，在出发之前都能保持一如既往的冷静态度，因此哪怕这次的目的地是欧洲，那个孩子也依旧会保持平常心。下午五点左右，夕阳西下，夜晚的烟花开始在天空绽放时，安子准备去找良吉，问问他行李收拾得怎么样了。但是，哪里都没有良吉的身影。

安子来到了隐居所。祖母应该正躺在这儿休息，说不定已经睡着了，因此安子轻声问向里面。很快，她就听到了敏也的回答："良吉少爷不在这里。"安子轻轻地移开障子门①，祖母似乎已经睡着了，她只看见了床的后半部分隆起的被子。敏也在隔壁房间待命，因此安子站在房间外问道："隐居大人呢？"

"似乎已经入睡了。"敏也轻声回答道。

说不定他去了良三的房间。想到这里，安子去自己丈夫的书房看了一眼，但父子二人都不在。

安子逐渐不安起来。

说不定，父子两人正在某处争吵？不安的情绪立即占据了她的内心。她下意识地想到了祖母。虽然有时候她会憎恨祖母，但不知为何她总觉得，祖母在这对父子之间发挥了类似于安全阀的作用，所以下意识地想要依靠她。要说丈夫和孩子这两者谁更令她不安，那么一定是丈夫那边。良吉拥有某种抗打击的能力，而自己丈夫则更像是个会乱来的人。

安子在书房待了十分钟左右，心里一直在想这些事情。最后，她决定先去祖母那里看看。于是，她沿着长长的走廊朝隐居所走去。这时，良吉从对面走了过来。

_____

① 障子门是传统日式建筑中用于分隔空间的横拉门，可分为有木制格子框的格子障子和只有木外框的袄障子两大类。

"良吉，你父亲呢？"

"不知道，他不在这里。"

"祖母呢？"

"祖母在的。"

安子遇到良吉后，反而忘了原本寻找良吉的目的，朝着隐居所走去。祖母已经起床了，正在壁橱里翻找着什么。敏也已经不在那儿了。看到祖母后，安子放下心来，开口道："祖母，已经是晚餐时间了。您去餐厅吗？"

那天，平时难得在晚餐的餐桌上现身的父亲，也难能可贵地与家人一同享用了晚餐。用完晚餐后，晚上九点，良吉换上了西装，套上厚厚的外套，与父母告别："那我就出发了。"

"火车是几点的？"

"十一点二十分从横滨出发。"

正当几人将良吉送到玄关时，有两个自称是良吉朋友的人来了，接过了良吉的行李。

良吉有许多家人不认识的朋友，因此父亲和母亲只是打了个招呼，祖母却絮絮叨叨地嘱咐着这两位陌生青年。

"祖母是觉得这两个人也要跟着哥哥一起前往欧洲吧。她拜托了他们好多事呢。"

政子在母亲耳边悄悄说道，两人轻笑起来。

时间到了第二天，十一月四日，周日。

祖母起得比平时要早，心情也很不快。而后，当天下午两点左右，她突发脑缺血，晕倒在了客厅。祖母的脑缺血发作不是一次两次的事情了，但那天的发作时间要比往常更长一些。毕竟祖母年事已高，安子忧心忡忡地打电话四处询问良三去了哪里，又是让他回来，又是让五十川过来，家里乱作一团。下午四点左右，祖母彻底恢复了。不过五十川建议，祖母今晚最好睡在客厅。

"祖母一次都没提到要让良吉回来——这回挺稀奇的。"

良三朝安子这么说道。

但在祖母突发脑缺血，众人慌乱之际，有东西被偷走了。被偷走的是祖母珍藏的手枪。

为了拿祖母的被子，安子指挥着敏也一同前往隐居所，在那儿发现祖母的壁橱有些杂乱，觉得非常可疑。一查才发现，祖母保管的装有手枪的箱子不翼而飞了。后来问起祖母，祖母也非常惊讶。她说自己一个多月前把手枪拿出来看过，之后就再也没有拿出来了。

关于这起偷窃事件，无论是良三还是安子，甚至包括祖母在内都做出了这个猜测：或许是良吉带出去的吧。因此，比良家没有立刻报警。直到之后发生了一起与比良一家有关的重大案件后，警方才开始展开调查。这起重大案件的消息起初刊登在十一月六日的晨间报纸上，之后便波及了比良家。负责调查这起案件的人，后来将其称为"口香糖杀人事件"。

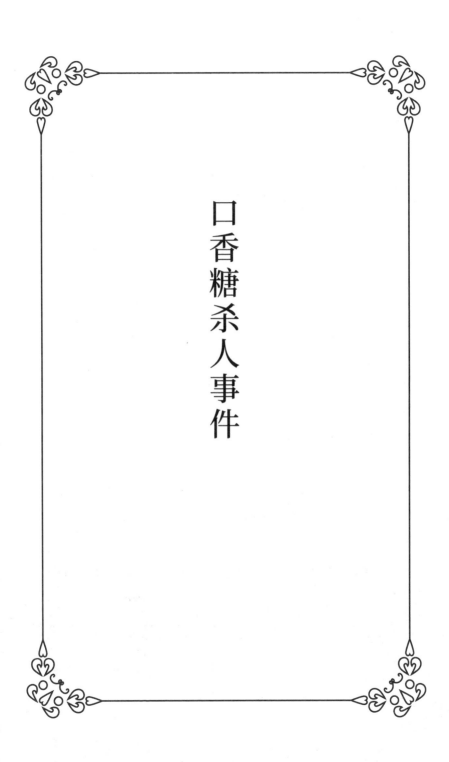

口香糖杀人事件

人类似乎将口中的咀嚼行为视为某种娱乐。从仁丹①到KAOL②，从太妃糖到Bonbon③，这类东西存在于各个国家。纽约有口香糖，巴黎有口香片，柏林有薄荷糖——抽烟的人说有了它们，香烟会变得更美味；不抽烟的人则以不抽香烟为理由，将它们当作嗜好。

在柏林或是巴黎的地铁中，到处都安装了自动贩卖机。等候电车时，将铜制的或是白铜制的硬币投入指定的孔里，"咔嗒"一声，装着口香糖或是薄荷糖的小盒子就会从下面的取货口中掉出来。

自动贩卖机在德国广泛应用。人们不需要说一句话，便能将不愿意说出名字的商品收入囊中，其中还包括价格高昂的商品。比如餐厅或是咖啡馆的洗手间里放置了印有"绅士当自慎"的自动贩卖机，只需要往里投入一枚马克，就会有一个小盒子掉出来。比如大型停车场的自动贩卖机里，不只有雷克拉姆④的文库

①　仁丹指森下博药房（现在的森下仁丹）于1905年开发的口气清新剂，呈丸状，主要成分为桂皮、薄荷脑等药材。
②　KAOL为安藤井筒堂（现在的日本original株式会社）于1899年开发的口气清新剂，"二战"前在日本有着极高的人气，与森下博药房开发的"仁丹"齐名。
③　Bonbon为日式法语词，原指杏仁糖果，现在泛指一切夹心糖果。
④　雷克拉姆出版社（Reclam-Verlag）是德国的一家出版社，于1828年由雷克拉姆（Anton Philipp Reclam）在莱比锡成立，以黄色封面的"万有文库"（Universal-Bibliothek）廉价平装丛书为人所熟悉。日本的岩波书店、中国的商务印书馆后来也曾仿效，推出类似的丛书。

本，还有不少野史小说。投入四枚铜币，就会掉下一本《少年维特之烦恼》；投入五枚铜币，就会掉下一本《厨娘日记》①；投入七枚铜币，就会掉下一本《亚森·罗宾被捕记》②。它们便是你在接下来的两小时或是五小时的火车之旅中的读物。更为大型的自动贩卖机便能卖报纸了。或许你会担心报纸这种软塌塌的纸张无法顺利地从自动贩卖机中出来，但只要往里面投入一枚铜币，一份对折的日报就会顺利地滑落到你面前，不禁令人赞叹。

在欧洲，通过自动贩卖机贩卖车票有着悠久的历史，近年来，日本也逐渐将贩卖车票的自动贩卖机引入大城市的各个站台。

自动贩卖机之所以能在日本流行开来，背后还有一个原因。近几年以比良口香糖和仁丹、KAOL 这些口气清新剂为首，包括太妃糖在内的各种小糖果在日本的销量迅速上涨，其中很重要的一个理由便是商家采用了新的策略，即一定要借助自动贩卖机卖东西。不仅是在东京、大阪这种大城市，就连小城市、村庄、人烟稀少的站台处，以及药店、小卖部旁，乃至乡下的小学旁、政府大楼旁、代写信件的店门旁都安装着自动贩卖机，这是比良良三先生凭借巨大的资本积累织就的资本之网。这款自动贩卖机的名字便叫作比良自动贩卖机，听说已经为其申请了专利。

在商店关门后，也能清清楚楚地看见安装在商店外的自动贩卖机。哪怕是深夜，只要往里面投入一枚面额为五钱的镍币，就会有商品掉出来。这几年，比良糖果品牌的名声不仅响彻了日本

---

① 《厨娘日记》（Le Journal d'une femme de chambre），又名《女生日记》或《女仆日记》，是奥克塔夫·米尔博于 1900 年创作的小说。
② 《亚森·罗宾被捕记》是法国知名侦探小说家莫里斯·勒布朗的作品。在这部作品中，闻名遐迩的怪盗绅士亚森·罗宾（Arsène Lupin，或译亚森·罗苹、亚森·鲁邦）初次登场。

全国，就连朝鲜、台湾、满洲国和中华民国^①的部分地区中，都已经引入了这款自动贩卖机。在满洲国和中华民国中，它被称为比良的"华珠"，备受追捧。

比良良三能积攒如此多的财富，不仅仅是因为他年轻时在制糖工业的艰苦奋斗，更是因为他中年时推出的这款自动贩卖机与这种口香糖，为他在企业、实业领域奠定了不可撼动的地位。因而，比良良三波澜壮阔的人生便成了励志传记的最好题材，就连女性杂志或是创业杂志都会采访报道他。

自然，比良口香糖的大卖，也不仅仅是沾了比良自动贩卖机的光，它自身的高雅香气与其独特的甜味也是不可或缺的原因。更为重要的是，它宣称自己含有某种利胃的滋补成分，在胃不舒服的时候可以安心服用比良口香糖，不但不会令胃不舒服，还会促进病情康复。至于这一成分具体是怎么发挥功效的，就涉及工业机密了，比良良三本人也多次强调这一点。比良口香糖工厂聘用理学士、药学士、医学士，并始终专注于研究开发。

其名字取自法语的 Cachou（香锭），说得不好听一点，甚至有抄袭法国知名商品 Cachou Tissone 的嫌疑。或许是有谁将 Cachou 这个名字告诉了比良先生，他本人也十分中意这个名字。可以确定的事实是，这款商品是在比良良三出国之前开发的。在"比良 Cachou"的销量刚有起色、开始为他积攒财富以后，比良良三立刻踏上了环游世界的旅行。打着研究世界各地的同类型糖

---

① 台湾为中国管辖地区。满洲国即伪满洲国，是日本帝国主义侵占中国东北后建立的傀儡政权。中华民国指中国近现代史上的一个时期，从 1912 年起，到 1949 年止。

果、清凉剂①等产品的名号，实则是去巴黎品尝与自己制造的产品同名的，也就是他在不了解实物的情况下就盗用了名字前半部分的 Cachou。当时，他仅仅尝了一口，就拍手道："我的 Cachou 要好得多。现在巴黎可以把 Tissone 这个词去掉了。"

当然，这个故事的真假谁都不知道，但杂志的记者们如此写道："正是因为拥有此等气魄，比良先生才能获得今天的地位。"为这个励志故事而感动的少年也不在少数。

比良良三不仅还清了比良中将留下的沉重债务，挽回了家庭的名誉，如今在金融界取得的地位还远超父亲比良中将在军中的地位。对此，人们大肆赞扬他继承了已故中将在战场上勇往直前的精神，这样的说法更能让良三本人及外界人士所接受。

说回这个装有口香糖的小盒子，它由极薄的铁制成，如广告所宣传的"无论是放在背心的口袋里，还是插在和服腰带中，大小都正好，能放心地让小孩子拿着玩"。内容物呈小球状，比仁丹、KAOL 要大得多。"将它放入口中，会品味到清凉剂与太妃糖混合的滋味，沉浸在学习中不小心吃多了，也不会对胃造成负担……"在这里就不继续罗列广告宣传语了，总之，它在男女老少之间都很有人气。

---

① 清凉剂：能提供清凉感觉的东西，如薄荷醇、薄荷酮、乙酸甲酯和薄荷油等。

二

那天是十一月五日。

正好是明治节连着周日，应当放两天假，但森田警部却因为这起案件而无法休息。直到周一，他都没有理出一丝头绪，因此十分烦躁。

"喂，你帮我想想吧，我实在没有办法了。"森田警部重新看了调查簿①，接着似乎是厌倦了，又望着窗外发了一会儿呆，最后向身边的落合警部开口道，"我感觉，这起案子已经绕进了迷宫里。我这两天拼命地调查，却没什么进展。案件看起来特别简单，简单到只要查个一小时就能搞清楚始末，甚至可以说没什么好查的。死者是一名住在本乡、上了年纪的公司职员的女儿，今年十八岁，死得很突然。她有四个兄弟姐妹，父母之间的关系很好，父母和孩子之间的关系也很好，而且生活并不是非常困窘，身边的人看上去都不像杀人犯。但小姑娘突然就死了，从发病到死亡只两三个小时。父母和看到她情况的医生反应都很快，立刻就上报给了警方。我们去了一大帮人，没过多久就把她家的角角落落都调查得一清二楚，毕竟她家也不大——但鉴定科说是毒杀。无论是垂死时的状态，还是尸检结果，都表明是毒杀。可凶手用的毒药竟然是番木鳖碱，现在还会有人用这么明显的药物吗？大家都知道这种药

---

① 调查簿，即记录调查结果的报告书。

轻易就能查到来源，要说凶手大胆，也真是够大胆的。话说毒药是怎么进来的呢？我们把食物以及能接触到的所有东西都调查了一遍，结果还是没有头绪。说是调查，但也没费什么功夫。死者交友不广，也没有什么可疑的朋友，就是所谓的中产阶级的下层家庭，甚至连一本不正经的书都没有，家风清清白白——没有任何可疑之处，但却是显而易见的毒杀——啊，好烦啊。"

"已经排除了自杀的可能性吗？"

"自杀？别说傻话了。这小姑娘还没到有姿色的成熟年纪，被父母捧在手心，邻居也挺喜欢她的。我们还把她近三周的所有行动都调查得一清二楚，结果就是她的生活圈子很干净——根本没有机会拿到番木鳖碱。可她的确死了。而且那个医生将这起案件向警方上报为非正常死亡，鉴定科那帮家伙都一口咬定是毒杀。他们到底想让我怎么办？"

"你朝我喊也没用啊。"说到这里，落合警部笑了，"所以，你不去问问小山田老师或是志贺老师的意见吗？"

"不去。这种小案件，我还是想试着自己解决。"

说完，森田警部不知为何陷入了沉默。正在这时，警视厅①内的电话突然响了。

"对，我是森田。什么，你说毒杀？是吗？在麻布，好的，我现在就赶过去。"

挂断电话，森田警部的脸立刻涨得通红。他急忙整理着东西，喊道："喂，落合，你帮我往小山田老师的研究室打个电话。

---

① 警视厅是日本东京都警察总部。警察署是管辖都道府县各地区，处理警察事物的机关。

我现在在整理东西，你想办法一定要让老师接电话！拜托了。"

落合警部抓起桌上的电话，拨打了 T 大学法医学研究室的电话。

森田警部拿起话筒："老师现在有客人吗？顾不上这么多了，有件事要拜托您，请您转告老师，就说森田想跟老师交流一起毒杀案，十分钟以内就会赶到老师那里，请老师抽出时间……嗯，对，部长已经带着其他人去了现场，您就跟老师说只有我一个人过去。当然，如果老师能一同前往现场就再好不过了。"

十分钟后，森田警部从汽车上下来，急忙向研究室跑去。正当这时，身材矮小、白发苍苍的小山田老博士走了出来。在毒杀案件领域，他被搜查科和鉴定科誉为顶级权威，迄今已经协助警方解决了无数起案件。

"老师，您要出门吗？"

"出门？对，我要跟你一起去。你不是给研究室那边的人打电话说，希望我能跟你一同前往现场吗？"

"啊，是这样的，没错。尽管我前几天就觉得无论如何都该来问问老师您的意见，但我实际上又想试着自己一个人解决。"

"嗯，具体的事情等我上了车再听你讲吧。"

汽车发动后，小山田博士开口道："今天是十一月五日，对吧。我猜，之前那个十八岁小姑娘的案件，到现在还没解决吧。我不是经常说嘛，像这种使用番木鳖碱等常见毒药来杀人的案件，如果三天之内查不到犯人，就很有可能是那种牵涉范围很广的案件了。虽然这话听起来很让人受挫，但在它发展成出现两三个死者的连环杀人案之前，是无法破案的。毕竟如果是目标单一的案件，在我国警视厅的全力以赴下，是不可能查不到犯人的。"

在汽车里，小山田博士丝毫没有想了解今天案件的意思，而是滔滔不绝地讲述起自己的意见来。

"不过，我还是很赞成由你主要负责毒杀案件。案件就应该分门别类，培养出相应的专家来解决才行。只是，我不希望你只会运用警视厅一贯的那种不放过一砖一瓦的搜查方法。如果是用斧头、手枪之类的工具杀人，一一调查过去很快就能搞清楚了。但如果是毒杀案件，光靠调查可不一定能搞清楚。这就是所谓的智力犯罪，其倾向就是会有许多受害者——所以，毒杀案件是最耐人寻味的。少量便是药，过量便成毒。人类凭借本能生活的时候也是这样。只要理解了毒杀案件，其他类型的案件也能触类旁通。特别是通过食物下毒的毒杀案件，最完美地体现了人类的本性。"

小山田博士只顾着自说自话，还没等森田警部开口介绍今天的案件，汽车就已经到达了目的地，也就是被害人家门前。

门前站着两位巡警，所有想要进去或是出来的人，都要接受严格的检查。不知道是从哪儿听到消息的三四个新闻记者正站在门口，抱怨巡警不让他们进去。当看到小山田博士时，其中一个人小跑着过来了。

"呀，老师您也来了啊。麻烦您尽快为我们介绍一下案件的大致情况吧。"

"呀，你是 M 新闻的吧。如果你能保证不在报道里写我参与这起案件的搜查工作，我就想办法在二十分钟内让你们进去，怎么样？"

在众多案件中，小山田博士一直拒绝让新闻记者进行采访，而今天他的语气中却透着对新闻记者的迎合。森田警部觉得有些不解，但还是进了门。指纹科和鉴定科的警察正在屋里忙碌地调查着。

死者是一位白发苍苍的老婆婆，看上去年龄超过六十岁。事发时，她正在光线良好的外廊①沐浴着十一月小阳春②的阳光，和六岁的孙子一起玩耍，却突然痉挛发作，倒在了地上。因为外孙哭着跑进了房间，这位老婆婆的女儿，也就是孩子的妈妈出来一看，发现孩子的祖母全身僵直地倒在地上。

她立刻打电话给丈夫工作的银行，紧接着拨打了医生的电话。同时，她让女佣去接医生过来，女佣说医生来得很快，两人是在中途见面的。最后，丈夫驱车从银行赶回家里时，老婆婆已经没有了呼吸。

医生赶到的时候，老婆婆的痉挛还在发作中。因此，他一眼就看出这不是脑出血，也不是心脏停搏。此外，在老婆婆的脉搏还没发生任何变化的时候，她的呼吸就已经停止了。医生说，这是中毒的症状，而且是神经性的毒素。他还诊断说，这不是麻痹性的毒物，而是典型的痉挛性的毒物。虽然他没法断言这种毒物的名称，但患者的症状与过量服用番木鳖碱的症状十分相似。因

---

① 外廊，即缘侧，为日本式房屋外侧的木制地板，直接连接院子，没有外墙。
② 小阳春天气，指秋季到冬初的阴历十一月中旬到十二月上旬，短暂的平稳、无风且晴朗的日子。

此，医生立刻拨打了警方的电话，要求警方安排尸检，同时陈述了自己的意见。

老婆婆的身旁散落着日式人偶、毽子、玩具、饼干罐和比良口香糖小盒子这些东西。正当警察们在拍摄老婆婆尸体位置的照片时，森田警部和小山田老博士进来了。森田警部开始忙活起来，小山田博士则静静地看着这具尸体所在的位置和旁边散落的东西的位置。

警察们拍完照片后，为了搬运老婆婆的尸体，森田警部准备动手收拾散落在一旁的玩具。就在这时，小山田博士说："你先等等。"他先拿起饼干罐摇了摇，发现里面是空的。他轻轻地将它摆回原来的位置，接着拿起比良口香糖小盒子摇了摇，发现里面还有口香糖。博士将小盒子换到左手，捡起散落在旁边的木制玩具汽车。汽车表面涂着绿色的油漆，看着就像是有毒的颜色。博士将汽车放在眼前，端详了一阵子，然后又将它放回原处。

接着他打开了手中口香糖小盒子的盖子，将里面的口香糖给部长看了一眼，又给森田警部看了一眼。

"森田君，你觉得有必要让鉴定科检验一下吗？"

"怎么会呢，小山田博士您难道是觉得，凶手将番木鳖碱下在了口香糖里面？"

"不，也有可能不是这里。"

"不可能的。一天有几千人在吃比良口香糖呢，谁都没死吧。"

听到部长的话，周围人大笑了起来。

"说来，之前那起小姑娘的案件里，她的腰带里也插着比良口香糖的小盒子呢。不过，我记得那时候，剩下的口香糖应该是由警部和巡警试吃过了，但谁都没死吧。哈哈哈哈哈，虽然没有进行检验，但我们做了活体实验，哈哈哈哈哈。"

小山田博士一脸严肃地看向森田警部，什么都没说。

"是的，那次我吃了。但是我没有死。"

听到森田警部的回答，周围人偷笑起来。

在案发现场，警察们对老婆婆的尸体进行了仔细的检查，但是她的皮肤表面上没有伤口，特别是没有注射毒药的针孔。小山田博士还仔细地检查了口腔内侧的黏膜，翻看了尸体的眼睑。自然，这些地方也没有注射的痕迹。就这样，尸体被搬离现场，送去解剖的地方了。

部长前往另一个房间去审讯了。小山田博士小声地向森田警部说道："森田君，这起案件，和那个十八岁小姑娘的案件如出一辙。光靠仔细调查，再怎么仔细都没法找到犯人。但是，如果这起案件由你来主导，之后哪怕遇到再多的麻烦，我都会承担起责任来的。那么，请你去让新闻记者把比良口香糖里有番木鳖碱的事情写进报道吧——所以，尽快让记者们过来吧。"

小山田博士说到这里，见森田警部仍旧一副诧异的表情，于是又小声说了些什么。听到那些话，森田警部的脸上露出了明显紧张的表情。谈话结束后，森田警部接过博士手上的口香糖小盒子，放进自己的口袋，立刻往正在进行审讯的部长所在的房间走去，与部长交流了一些事情。过了两三分钟，他出来了，朝着门口走去。

门口处传来了森田警部向站岗的巡警大喊的声音："新闻记者可以进来。你们跟他们说一下，让他们都进来吧。"

三

第二天，报纸的第三版上齐齐刊登了老婆婆被毒杀的案件。并不是因为老婆婆身份显赫，有报道的价值，而是大名鼎鼎的比良口香糖使得这起案件受人瞩目。

除了对案件的报道之外，还附有森田警部的访谈记录，里面甚至有这么一段多余的描述："……综上所述，没有任何人会因为这位老婆婆的死亡而受益。世人或许立刻会做出婆媳不和的猜想，但她家里的人并非儿媳，而是被害人的亲生女儿，女儿的丈夫是老婆婆的女婿。因此，我们对于凶手的作案动机毫无头绪。鉴定科虽然还不能完全下定论，但几乎可以断定被害人是摄入了过量的番木鳖碱。

"或许，世间大众又要嘲笑我们警视厅再次陷入束手无策的境地了。但是谈到这里，我们很快就能联想到十月三十一日发生的那起案件。被害人是本乡的十八岁小姑娘，同样是不清楚凶手的作案动机，同样是摄入番木鳖碱导致的死亡。要是向各位详细道来，各位一定会将其写进新闻，要是写得过于详细的话，可能会对案件的调查造成不利影响，因此我就简单地讲述一下。两起案件其实极为相似。那位死去的小姑娘的腰带里塞有比良口香糖的小盒子，而这次的老婆婆的尸体旁，也散落着比良口香糖的小盒子。这么想来，口香糖里似乎偶尔会混着番木鳖碱。难道是口香糖工厂里出了一个喜爱恶作剧的人，将少量的番木鳖碱混入了其中？但这只是开个玩笑，就不用写进去了……"

尽管报道中写的是"不用写进去了"，但所有报社都将其刊载了出来，某些报社甚至将这段话塑造成森田警部不慎泄露的情报。果不其然，报纸刚面世的当天早上，森田警部就被部长叫去了。

"你平时的谨慎怎么不见了，说出这些轻率的话会惹麻烦的。比良口香糖肯定会提出抗议的。说不定还会要我们赔偿，说我们影响了口香糖的销量。"部长忧心忡忡。

"是的。其实，我快要抓到案件的头绪了。虽然不能断言，但我很有信心，所以才故意说出那些话的。请您再让我负责一段时间。"森田警部说道。

"嗯，让你负责办案倒是没事，但你自己注意点。每次碰上毒杀案件，你总是束手无策，千万别自暴自弃啊。要是最后演变成一发不可收拾的局面，麻烦可就大了。"

"请您放心。我其实是以这种方式向暗处的犯人宣战。这次说不定会发展成一个再出现一两位死者的大案，但我最后一定会取得胜利的！"

"哈哈哈。这话听着像是哪本侦探小说的台词啊。不过要是侦探小说的话，结局就已经注定了，但现实生活可就不一样了。你就拼命加油吧。"

部长话音刚落，秘书就拿着名片过来了。

"部长，有个人过来了，说是看了今天早上关于老人死亡案件的新闻报道，想跟你见一面。"

"让我看看。"部长接过名片看了一眼。森田警部从一旁探头："这不是比良公司的人吗？我正等着他们来找我呢！"

"嗯，是比良公司的人。名片上写的是比良制果公司分配部主任、药学士滨崎辰五郎。森田，你肯定会去见他的吧？"

"明白了，我会去的。"

森田警部走进接待室的时候，有一位三十四五岁、看起来很稳重的绅士正在里面等候。他的近视度数似乎很高，架着一副厚厚的灰色眼镜，但他脸上激动的表情显而易见。

"您说的是想跟部长见面，但我想，您应该是为了今早新闻上刊登的关于我的访谈报道而特地前来的，因此，由身为案件负责人的我来接待您。"

"啊，您就是森田先生啊。好的，可以的。其实正如您所说，今天早上的报纸上刊载了老人毒杀案件，我是看了这则报道才知道这件事的。报道中记载了您的访谈记录，其中写到您怀疑比良口香糖中可能含有番木鳖碱，并且不只涉及本次的案件，您在上次的案件里也对口香糖心存同样的怀疑。考虑到您的发言将对我公司造成极大的影响，因此特来请教您。今天早上，社长立刻与我以及公司的其他人讨论了这件事，但我们均没有头绪。我们只能得出一个结论，即有人嫉妒比良制果公司的生意兴隆，故而做出了恶意宣传，或是出于这一原因，给了警方错误的消息。"

森田警部静静地望着对方。

滨崎药学士的情绪虽然非常激动，但依旧维持着自己作为绅士的态度。

"事实上，因为您的那些发言，从今早开始便有新闻记者前来采访，相当于一种恐吓了。其中不乏有人拿着在原本的新闻报道上进一步添油加醋的稿子过来，说什么'我要是把这篇文章刊载到别的报纸上，你也无所谓吗'。我们这些以社长为首的社员光是应对他们就已经忙得团团转了，所以请您帮忙想个办法吧。或者，由我们将其营销成对公司的宣传广告，'尽管刊载了那样的新闻，但我们想要告知市民的是，你们绝不需要担心调查结果'，类似于这样的广告。您一定会答应这件事的吧。事实上，在向记者们说出那些话之前，您为何没有先来调查一次呢？在这一点上，恕我直言，我们感到非常遗憾。"

说完这些，滨崎药学士便缄口不语了。

森田警部保持着沉默，似乎是静静地催促对方继续说下去，但滨崎药学士一言不发，因此他开口道："滨崎先生，虽然我们是初次见面，但恕我直言，您来这里是准备说一些更为强硬的话吧。我猜，应该是'比良社长等人非常愤怒，说要起诉森田'之类的话。而您是公司里最稳重的人，所以才选您来承担这个任务——您看，被我猜中了吧。当然，关于那则报道，我会承担相应的责任。只是，作为本起案件的主要负责人，至少在掌握犯人相关的线索之前是没法撤回那篇报道的。难道您能保证口香糖里面一定没有混入番木鳖碱吗？"

"当然了。这几年我一直担任分配部的主任，从各种细节上注意员工的任用和原材料的选择，因此我可以断言，那个产品中，混入了除原材料以外的东西的可能性接近于零——那么，我们这里也想向您确认一件事。老人也好，本乡案件中的小女孩也好，你们有从在案发现场发现的小盒子里剩余的口香糖中，检验出番木鳖碱的成分吗？我觉得这一点是最重要的。"

"其实，并没有检验出来。"

"那您觉得问题出在口香糖上的依据是什么？"滨崎药学士问道。

"但是，就算现场剩下的口香糖里面没有毒物，但只要几千万粒中的一粒口香糖混入了致死量的番木鳖碱，就会出现下一个受害者吧。"

"您的意思是，现在库存里的口香糖中，也可能存在混有致死量的番木鳖碱的颗粒吗？"

"是的。所以我才问您，您能证明现有的颗粒中，没有混入番木鳖碱吗？我们有理由提出这样的怀疑。但是答案也是显而易见的，不只是比良口香糖，所有小包装的食品都无法做出这样的保证。也许您会反驳我说，只要检查一部分的库存，如果没毒的话，不就能证明全部产品都无毒了吗？没错，您可以这么反驳我。我想，犯人恐怕也看准了这一点——或者说，他现在正打着这个主意。我有一种预感，这起案件说不定与比良先生的公司，或者是比良先生的家庭内部有关。又或者正如您所说，是有人嫉妒比良公司的兴旺，或是嫉妒比良家的繁荣，为了陷害比良家，才计划了这么一出。无论是哪种可能，根据我的预想，本次的案件都不会就此落幕。因此我更希望能获得您这边的配合，一起进行搜查。当然，一旦锁定了犯人，我就会负起责任来，澄清比良口香糖的嫌疑。"

"是吗？只是，我实在无法相信这起案件会与比良公司有关系。"

"总之，先让我调查一下再说吧。现在有一个重要问题，贵公司目前有多少库存？"

"大概有四个大仓库的库存吧。"

"四个仓库？那是挺多的啊。如果要转移库存，一两天连一个仓库都搬不完吧？"

"当然了。人多的话另当别论，要是只有三五个人，光搬空一个仓库就要花上好几天的时间。"

"我知道了。那么接下来我先跟您一起去公司看看吧。见到比良社长后，如果可能的话，我还想调查一下比良社长的宅邸。"

"公司方面，您现在就可以调查。事实上，我们还想请求您前来调查呢。只是，社长私宅那儿，还得征询一下社长的意见。至于调查公司的请求，我现在就可以答应您。"

比良制果公司一共有两家工厂，一家在大井①，一家在目黑②。仓库在目黑区的工厂内。森田警部带着巡警与刑警们，前往了目黑的工厂。

"所谓的检查部是检查什么的？"

① 大井：地名，即大井町，位于东京都品川区内。
② 目黑：地名，即东京都目黑区，位于东京都的西南部。

"是检查产品的。最主要的任务是检查有没有毒性，不过现在只要一年提交一次比良口香糖的分析表就行了。此外，由于这里的主任是医学士，所以这个部门还负责管理职工的健康状况。"

"职工大概有多少人？雇用的工人大约有多少人？"

"制果的职工一共有二百二十人，分配部雇用的工人大概有八十人。此外还有十几位高级事务员①。"

"制造部近期辞退过职工吗？"

"当然有了。虽然公司的方针是尽量不辞退，但如果有人扰乱了工厂的风纪②，惹比良社长厌恶的话，还是会被辞退的。"

"这么说，工厂里男、女工都有是吗？"

"是的。女工特别适合做制果类型的工作。"

正当森田警部在车上提问时，汽车已经抵达了制果公司。

由于已经提前通过电话与公司联络好了，因此下车时，有几位社长以下的高级社员正站在工厂大门外迎接森田警部。

四

森田警部对位于目黑的制果公司大致做了调查，为公司的规模之大而瞠目结舌。除此之外，没有任何收获。

因此，当森田警部最终坐在接待室里，看着面前的茶水，以及口香糖的副产品巧克力时，觉得自己似乎冤枉了这家公司，心

---

① 高级事务员，即专门负责文职的高级人才。
② 风纪：一般指作风和纪律，也指男女关系之间的分寸。

里有些忐忑。他听信了小山田博士的建议，做了这一番奇怪的举动，之后是否会引来麻烦？这份不安在森田警部的心中不停地翻涌着。

这一天，若是森田警部就此打道回府，那么，即便案件在另一个方向有了进展，他的立场也会在未来几天变得无比尴尬。值得庆幸的是，在巡视完公司之后，或许是出于为搜查工作提供一项参考的考虑，森田警部提议："如果方便的话，我非常想参观一下比良先生的宅邸。

"当然，请不要把这理解成搜查民宅。我只是去了解一些情况，如宅邸内是否有用人，是否有可能以宅邸为中心实施犯罪。我常年从事犯罪搜查，所以养成了所谓的第六感，想看看能否发现一些蛛丝马迹。请您相信我的第六感，接受我的请求。"森田警部向比良恳求道。

比良不愧是老练的商人，他表面上摆着一副不情不愿的样子，却反而利用起森田警部的这番话来："我知道了，那就麻烦你来私宅看看了。只是，我也有一个请求。今天早上的新闻报道可能会对我本人或是比良口香糖造成极大的经济打击，因此我迫切地希望您能设法修正一下这篇报道。事实上，要是您不愿意修正的话，我们只能将其营销成对公司的宣传了。只是比起广告之类的方法，我更希望森田先生能再次接受记者们的采访，向他们明确表示，您已经进行了充分的调查，没有发现任何可疑之处。因此，在您对私宅进行仔细的调查后，若是确实没有发现任何可疑之处，换句话说，若是您的'第六感'确实没有任何发现的话，能请您承担起责任，联系记者们对那篇新闻报道进行订正吗？"

这一提议合情合理。尽管森田警部内心有些懊恼，但也别无选择。在与比良先生约好在当天对其私宅进行调查后，他答应了这一提议。

"那就麻烦您直接乘坐公司的汽车前往了。"

"不，我先回一趟警察署，立刻就过来。访问的人数少于参观贵公司的人数，会比较有礼貌一些。不过我先跟您约定一个见面的时间。"

森田警部与比良约定，下午三点的时候到达位于代代木的比良宅邸，比良在那之前先回家等待。

森田警部说的"先回一趟警察署"是在撒谎。在这段时间内，他前往了T大学的法医学研究室，向小山田博士寻求帮助。

"老人是因为番木鳖碱去世的，这一点可以确定吧？"

"可以确定。此外，与老人关系亲近的人我都彻底调查了一遍，但是没有任何可疑之处。所以今天我去了趟比良的公司。"

"比良的财产，大概有多少？"

"私人财产在七十万日元左右。至于公司方面，他说之后打算把公司发展成股份制公司，暂且估值两百万日元左右吧。虽然这两部分都是他自己的资产，但是他将这两部分分得很清楚。比良似乎是一个品格正直的男人，听说他很厌恶男工女工之间出现问题。总之，我打算先把最近被解雇的人都调查一遍。"

"向市内的供货呢？是按照什么顺序进行的？"

"我也觉得这一点是最重要的，所以仔细调查过了。库存大概有六个月的份额，从生产日期最早的开始分配。库存的货物上都仔细贴着检查部的封口。负责供货的分配部主任是一位叫滨崎的药学士，之前在制造部工作。此外，他还是比良长女的丈夫，就是所谓的比良看中的乘龙快婿，是一位戴着眼镜的老实人。只是货物经过制造部和检查部之手，被封得严严实实，哪怕是这位滨崎先生也没法随意打开。滨崎说，哪怕有职工出于恶意或是恶作剧的心理在其中混入番木鳖碱，也绝对无法预测到货物的目的地。一旦货物进入仓库，其目的地就由订单决定，这些货物甚至有可能会被发往大连。"

"那你是怎么想的?"

"我也摸不着头脑。假设职工中有一个浑蛋，这家伙隔三岔五地制造一点混有毒药的口香糖，以看到死因不明的被害者为乐，那么把这么多职工都调查一遍也是个大工程。而且，我参观了制造工厂，某位职工将带毒的产品放在生产线上，是不能控制它进入指定的罐子里的。只有负责包装的工人才能做到，但也有十五六人之多，以防万一，我一一安排调查了，但不觉得能在他们身上找到线索。我渐渐觉得，小姑娘和老人的死可能跟口香糖没什么关系。"

"是吗?"

"而且，我总放心不下那篇新闻报道，担心它会不会给我惹来麻烦，所以我跟比良约好下午三点去调查他的宅邸，如果没有特别的事情话，我就得撤回自己的发言。"

"比良还真是个无懈可击的家伙。不过，我并不觉得这是恶作剧。在我看来，这起案件的幕后黑手老谋深算，不达目的不会罢休。而现阶段，犯人还没实现他的最终目的。说不定，犯人的最终目的是要比良的命。换我的话，会这么恐吓比良。"

总之，小山田博士说他也会一同前往比良的宅邸看看。因此，在约定的三点以前，森田警部一行人开车前往了代代木。

位于代代木的比良宅邸敞开大门，等候着一行人的到来。从公司过来的滨崎药学士与两三位用人前来迎接他们，似乎做了一些准备。

一行人进入宅邸的大门，在西洋风格的客厅里休息了片刻。接着，他们将比良的家人一一叫进客厅，详细询问了他们的名字以及与这个家庭的关系。在这之后，几人一一参观了各个房间。

房间的数量非常多。在宅邸不远处，还有一套平屋①，是隐居所，与主宅之间有六间②之远。

在这些房间中，最吸引小山田博士注意的是药品室。这间所谓的药品室，是一个四叠半③大小的板之间④的小屋子，里面放着玻璃制的柜子。虽然称作药品室，但打开柜门一看，里面几乎涵盖了所有种类的家庭常备药品。不仅如此，在上方还有一些上锁的柜子，里面甚至备有一些烈性药物和毒药。

"这些烈性药物和毒药是有人要用吗？"

---

① 平屋：特指仅有一层的建筑物。
② 间：日本长度单位，一间相当于181.82厘米。
③ 叠原指榻榻米，又可代指计量单位。一叠即指长为180厘米、宽为90厘米的榻榻米的面积，四叠半（约7.29平方米）为标准日本茶室的大小。
④ 板之间：特指房间地面为木板的房间，与铺有榻榻米的和室做区分。

"不，这只是以防万一准备的。置办药物的是一位叫五十川的医学士，他是公司里的医生，家里有病人的时候也会过来帮忙看看，因此就在这里为他准备了一个配药的房间。虽然家里人也会来这里调配点东西，但也就是小朋友做些波子汽水之类的小打小闹罢了。"

小山田博士检查了一圈柜子里的烈性药物，似乎没有找到自己想找的东西，因而放弃了。

"钥匙是由哪位保管的?"

"一直都是妻子保管。"

"也就是说，只要是普通药物，家里的人都能随意取用?"

"要这么说的话是这样的。当然，哪怕是烈性药物，如果偷偷使用妻子的钥匙也是能取出来的。但迄今为止还没有因为这件事引起什么麻烦。"

小山田博士沉默着点了点头。

随后，两人发现，比良家不仅房间数量多，其庭院之大更令人为之惊叹。

隐居所与主屋之间是可以通过庭院走过去的。不过这条道路周围巧妙地种上了花草树木，使得两幢建筑物不能看见彼此。庭院中有水池，有流水，若是有来客到访，甚至还能开启喷泉，哪怕布置一道瀑布也不是难事吧。

院中的树林如森林般幽深，似乎直接与明治神宫的森林相连。距离宅邸最远的是一处像网球场一样平坦的地方，但如今似乎并未投入使用。

比良宅邸有一处开在青梅街道的围栏背面①的后门，应该是作为应急出口之用。此外，还有另一处可以通往别的街道的后门。面向青梅街道的后门旁有一个独栋的建筑物，一位叫作竹村的老人住在那里，负责园艺工作。

从巡逻围墙到守夜，这位老仆人承担了一切园丁和守卫该做的工作。要是发生了什么事情，他就会打响铃铛，立刻向主屋通报。

一行人几乎参观了比良宅邸的每一个角落，但没有发现任何可疑之处。同行的比良家的主人，滨崎药学士露出赢得胜利似的笑容，开口道："那么，我们差不多该回去了吧？"

这时，小山田博士像是忘记了东西似的，提出希望再看一眼小仓库内部。

这座小仓库与园丁住的小屋子附近的后门相隔甚远，更靠近另一处后门。刚才在参观这座小仓库时，小山田博士还打开了仓库门，往里面看了一眼。

一行人再次回到了小仓库。

然后，小山田博士拉开小仓库的门，往里面看了一眼。一些用于打扫庭院和修剪草坪的工具整齐地摆放在地面上，似乎不久前刚整理过。仓库尽头堆叠着二三十张老旧的榻榻米，这些榻榻米上面还堆着一些杂物，像是坏掉的婴儿车、网球拍等。小山田博士往里面瞥了一眼，就在要关上门的那一瞬间，似乎想起了什么，开口向站在一旁的园丁问道："我可以进去吗？"

---

① 青梅街道：指从东京都新宿区出发，经由东京都青梅市至山梨县甲府市的全长 132 千米的道路。

"可以的，您请。不过我也很久没进去过了。"

在场没有人愿意跟着小山田博士一同进仓库。他们想着，反正只会带着一身灰尘出来。但在一阵翻动杂物的声音过后，突然响起了博士沙哑的声音。

"森田君，这里有个奇怪的东西，似乎是一具尸体。"

一行人都被吓了一跳。森田警部发出了一声不知是惊讶还是欢喜的叫声，与刑警们一同闯入了仓库。

那的确是一具尸体。

尸体位于老旧的榻榻米的另一侧，似乎是被强塞进了夹缝里。

拖拽出来一看，尸体身上的衣物没有任何变化。小山田博士摆出了似乎并不意外的表情，说道："死了大概有三四天吧。"他扫了一眼大惊失色的比良和仆人，立刻说道，"死因是手枪吧。"

此时，确认完尸体的脸部长相的森田警部，用近乎尖叫的高音喊道："啊，他是无产党的律师高冈日出夫！他可是个大人物，两三天前刚刚宣告失踪！"

解剖尸体

一

谁都没有料到，居然在比良宅邸的小仓库里发现了一具尸体。也难怪森田警部为此而惊喜。要是没有这一意外发现，森田警部和他的"幕后指挥"小山田博士都将面临骑虎难下的局面。

他们发现的尸体是无产党的律师高冈日出夫。

一行人围在了森田警部拖拽出的尸体旁边。高冈日出夫律师的名字可谓无人不知，无人不晓。无论是哪家工厂，只要发生了罢工，新闻报道上几乎都会出现高冈律师的名字。劳动人民像尊敬父亲一般尊敬他，资本家却畏惧且厌恶他，对他避如蛇蝎。而现在，在资本家中的资本家——比良良三的宅邸里，发现了这位高冈律师死状凄惨的尸体。

比良的脸上，惊讶的神色一闪即过。接着，他似乎在害怕些什么，惨白的脸上写满了恐惧。仆人竹村的脸色已经超越了惨白，呈现出诡异的灰色。

"喂，竹村，你连续两三天都没发现这里有具尸体吗？"

比良的斥责听起来有些刻意。

"是的。因为从十一月三号开始，我就没有打扫过庭院。"

"什么？从三号开始就没打扫过？"

"是的。因为没有打扫过庭院，所以也没去过小仓库。"

听到竹村的回答，盘旋在一行人心中的某个小小的疑问终于解开了。

他们今天在比良家的庭院来回游走并非以观赏景致为目的，虽然没有发现什么重大的可疑之处，但却注意到庭院的地上堆满了落叶。尽管没有看到纸屑和灰尘之类的垃圾，但可以确定在这两三天内没有用扫帚清扫过。甚至有人在心中想道：说不定这是比良的个人趣味——任由落叶顺其自然地落在地上，使庭院的景致更加和谐，即某种营造园林的品味。

竹村的回答，终于解答了他们的疑问。

"这是为什么？为什么不去打扫？"

"大型的纸屑或是显眼的垃圾，我都用手捡起来扔了。只是被吩咐过不能扫地。"

"什么？不能扫地？"

"是的。因为良吉少爷离开了家。"

"良吉离开家和不能扫地之间有什么关系？"

"是这样的，说是如果有女儿出嫁离家的话，娘家的地必须扫一次 ①。考虑到深受家里疼爱的小少爷刚踏上旅途，因此决定一周不扫地。"

"这话到底是谁说的？"

"这是隐居大人的吩咐，我也赞同她的想法。"

良三沉默了。

良三这才意识到，自从良吉出发以后，隐居所就满是灰尘。尽管祖母在良吉离家的第二天就突发脑缺血，一直在主屋的客房

———————————

① 即扫地出门，表示出嫁的女儿与娘家没有关系了的意思。

静养，祖母原来住的隐居所中只剩下了敏也一个人。但敏也从不是一个好逸恶劳的人，不会因为祖母不在隐居所而偷懒不打扫。因此，出现这种情况，只可能是因为敏也听从了祖母的命令。

"三号之前，你每天都去小仓库吗？"森田警部向竹村问道。

"是的。三号上午的时候，隐居大人吩咐说，良吉少爷要出门了，暂时不能打扫家里，所以这次打扫得仔细一点。因此，在三号上午的时候彻底打扫了一遍。因为家里面积不小，还请了另一个人过来帮忙。小仓库也是在那时候收拾好的。"

"他说的对。三号上午我们的确请了一位专门负责打扫的帮工。三号下午又请公司的高级社员过来给良吉开了一个送别会，所以上午就得打扫完。"比良说道。

"这么说来，死者是在三号下午以后被凶手杀害，然后拖进小仓库的？"森田警部说道。

"嗯，不过死亡时间还得等尸体解剖报告出来再说。总之，再磨蹭下去天都要黑了，先把情况仔细调查清楚吧。"小山田博士说道。

确实如此，十一月的天色暗得早，此时夕阳已经挂在了银杏树的枝头，金黄的叶子仿佛被燃烧的夕阳吞噬了。小山田博士和森田警部知道秋天的夕阳很快就会落下，因此两人带着两位刑警前往发现尸体的现场附近仔细地展开搜查。剩下的刑警则奔向主宅，准备拨打警视厅和高冈私宅的电话。

"老师，要进行审讯吗？还是说接下来先进行解剖？哪件事更加紧急？"

"审讯暂且不急，先抓紧时间解剖尸体吧。你们谁去给研究室打个电话，让他们做好解剖的准备。还有，如果志贺君也在的话，帮我跟他说一声，让他留在那里别走。"

既然三日以后就没有打扫过庭院，那么现场附近或许会留下犯人的足印，考虑到这一点便进行了搜查。但由于今天有不少人在庭院内走来走去，这些足印几乎已经分辨不清了。紧接着小山田博士又提到落叶底下或许会留下犯人的足印，让人将落叶简单清理了一下，但发现足印也被一并清理掉了。尽管如此，小山田博士仍命令几人尽量小心地清理附近的落叶，同时跟着观察被清理出来的地方。森田警部也非常清楚，他是在寻找血迹。不过他最后还是回到了小仓库，看来是没有找到任何血迹了。这时，去后门调查的刑警回来了，报告道："警部，后门附近似乎有几个足印。"

这扇后门是一扇较大的石门。坚固的门紧紧闭合，从外侧无法窥见内侧的情况，从内侧也无法看到外侧的车流往来。这个后门似乎是常年关闭的，门闩之类的地方已经有了锈迹。在大门旁边，还有一扇小门①，根据设计来看，这是在有需要的情况下可以打开的防火门。就在这扇小门附近，有两三个足印。森田警部从口袋中掏出卷尺，测量了一下。

"似乎有两种足印。一种是死者的，另一种应该是园丁的。你们马上比量一下看看。"

听到森田警部的话后，刑警从上司手中原样接过卷尺，在死

---

① 指"潜り戸"，一般为设置在墙壁上的小口，又称"防火门"。

者的鞋子上比量了一下："是的，两者完全一致。这一个足印应该是被害人的。"

另一个比较对象是园丁的橡胶鞋底。刑警把园丁带过来，让他踩在旁边的泥土上，比较足印的大小，发现两者完全一致。而且园丁本人看到这一结果，也做出了说明："这确实是我的。记得是在三号还是四号的傍晚，我来这里巡逻过。应该是为了确认门有没有锁好。我偶尔想起这件事的时候，就会来这里检查一下。"

森田警部在后门附近做了标记，并告诉周围人，无论有什么理由，在没有许可的情况下都不能靠近这块区域。

小山田博士检查了一圈小仓库附近，在之前参观的时候，地面上的足印就已经有很多了，再加上折返回来后大家走来走去，想要通过足印获得什么有效信息也都是徒劳了。他又进了小仓库，看了一眼地面，但除了自己刚刚留下的足印，就只剩下两三个一看就知道是园丁的橡胶鞋底的足印。老旧的榻榻米堆得大约有二尺①高，呈一个平面。在老旧的榻榻米和小仓库的木板墙壁之间，有一条缝隙，勉强容得下一个人侧身挤进去。

天色已经暗了下来。小山田博士打开了自己带来的小型手电筒，但除了尸体被拖拽出来的痕迹以外，其余什么都不剩了。他又关上手电筒，这才发现木板墙壁上有几个结孔②，只有这几个结孔处散发着白色的光芒。不过，小仓库内部十分昏暗，哪怕是大白天都不一定能发现有人藏在这里。发现尸体后，由于森田警部慌忙将尸体拖拽了出来，尸体原本所在的位置只留在了小山田博

---

① 日本的一尺与中国的一尺稍有不同，日本的一尺相当于 30.303 厘米。
② 结孔：指树木自然结疤，制成木板后留下的孔洞。

士的记忆里。尸体面朝着榻榻米方向，背朝着木板墙壁方向，在这张榻榻米和木板墙壁之间的狭窄缝隙中，仿佛低头站着一般。

将尸体塞入这一缝隙中的人，应该有着相当大的力气，并将尸体塞进了相当深的地方。现阶段，只能勉强得出这两条结论。博士在手账上画下了尸体原先所在的位置，命令警方将小仓库也列为没有许可不能随意进出的地方。

正在这时，收到紧急报告赶来的鉴定科的一队警察也到了。接着，他们开始着手检查尸体的外观。被害人戴着一顶黑色软帽和一副眼镜，身上穿着西服，外面套了一件冬天的外套。在死者的口袋中只翻出了手账本、钱包、烟盒和火柴。

小山田博士似乎一直在寻找着什么。他翻了翻死者的口袋，但没有找到其他东西。被害人的衣服上虽然沾着血，但被血浸透到外衣的只有臀部一处，只能说这一处的出血量很小，并不足以滴落下来。这也就解释了为什么没有在庭院和小仓库的地面上发现血迹。

正当小山田博士忙碌的时候，天彻底黑透了。尸体被搬到提前准备好的汽车上，运往了 T 大学的法医学研究室。

发现尸体这件事令比良良三突然萎靡了下来。森田警部向比良良三打好了招呼，说他明天想要询问比良家的所有人，并会留下两名刑警以防其他人靠近现场。随后，一行人便乘车离开了比良宅邸。

"只要进行解剖，应该就能掌握被害时的大部分情况了。特别是在遭遇枪杀的尸体上，应该能找到距离死亡时间过了多久、是怎么被枪击的线索。不过，说到那起毒杀案件，我一直坚信它应该和比良有关，但不知是否和这起新发生的杀人案件也有关。总之，案件似乎是围绕着比良发生的啊。不过，森田君，你当时说想参观比良宅邸，与其说是凭借'第六感'，不如说是靠着胡说八道，结果歪打正着的吧。"

"老师，虽然最开始是胡说八道，但现在发现了尸体，就随我们解释了。之后再声称是第六感啊，搜查的天才之类的，也不无道理嘛。"

二

助理教授 ① 志贺博士已经在法医学研究室等待了。

"今天是老师您亲自执刀吗？"

"不，我今天累了，麻烦你执刀吧。不过，你不需要发挥创意，只要按照我说的做就行了。关于今天的这具尸体，我自有考量。"

说完，小山田博士拿着方眼纸 ② 和铅笔，去了尸体解剖室。

解剖室里亮着两盏五百瓦的电灯。解剖台是纯白的大理石，已经清洁完毕，也做好了解剖的准备。他们在准备室里脱下了尸体的衣物，把尸体搬运到冰冷的解剖台上。两侧的平台上站着前

① 助理教授：相当于副教授。
② 方眼纸，即有方格的纸张，一般为制图用纸。

来参观的警员们，腰间的佩剑 ① 晃动着，发出沉闷的碰撞声。

小山田博士走到坐在记录桌旁的助手厨川学士身旁，站定后向执刀的志贺博士命令道："第一件事，测量一下身高。"

"一米六九（五尺五寸九分）。"

"接着，测量头盖骨、面部的长度、肩宽、胸围、脚的长度。这些部位都测量一下。"

志贺博士的助手按照惯例，朗读了这些数据。

"弹痕。"

"好的。右上臂，由肩胛骨关节下面四指宽的地方射入，几乎水平地贯穿了胸部。只是子弹没有穿透左上臂，应该还留在左上臂内部。"

"之后再取出来吧。"志贺博士铿锵有力的声音响起，"应该还有另一颗。"

"另一颗吗？在哪儿——啊，有了。是的，从右侧颞骨乳突 ② 部射入，这颗没有贯穿左侧头盖骨，头盖骨内部应该有子弹。似乎是从一个特定的角度射入的。如果有必要的话，之后可以注意一下。"

"有必要。这个角度有测量的必要。然后我还想知道是哪一发子弹先射入尸体的。"

"我知道了。如果是上方的子弹先射入的话，说不定能知道射击时间。"

---

① 日本于 1873 年起首次允许警察佩剑，直到 1946 年 7 月 31 日才废止了警察装备中的佩剑，改为警棍和手枪。
② 颞骨乳突：主要位于外耳道的后面和茎突的外面，可以用手触及到，是一块突出的骨头。

解剖就这样按部就班地进行着。

在这段时间里，小山田博士将尸体的身高以及其他部位精确地按比例缩小，画在了带来的方眼纸上。看到这一幕，森田警部在心中感慨：原来老师是想记下子弹的射入角度来进行计算啊。

第一发子弹从颞骨乳突部射入，角度大约呈二十五度。在精确地穿透了延髓[1] 以后，停在了左侧头盖骨下方。第二发子弹从右往左贯穿了胸部，穿过脊柱和大动脉之间，大动脉的后半部分因此破裂了。这发子弹留在了左臂处，志贺博士将其取了出来。（参照下图）

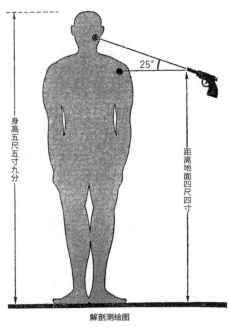

解剖测绘图

---

[1] 延髓：位于脑桥以下的脑干结构。其主要功能是控制基本生命活动。延髓部分受伤或受压（如脑肿瘤）会危及生命。

"等等，也就是说，在那段时间里，被害者保持着站立不动的姿势，这两发子弹是从同一个高度射入的，只是角度不同，这就奇怪了，因为——"

小山田博士刚起了个头，就停了下来，接着问道："这件事之后再说。志贺君，哪一发子弹先射入的？"

"我觉得是上面那发子弹。"

"为什么？"

"子弹穿过了大动脉，但是在解剖中发现大动脉的出血量不多。因此，可以推测在这发子弹射入前，被害者的心脏已经停止了跳动。"

"但是从犯人射了第二发子弹这点来看，凶手应该不是觉得第一发没打中，而是觉得只射了一发子弹会被怀疑。只是这两发子弹的间隔时间长得有些奇怪。"

"你说的也是。只是，无论如何，第一发子弹贯穿了延髓，第二发子弹贯穿了胸部。关于时间这方面，我觉得两发子弹可能相隔得没有那么久。"

"那么，你怎么解释第一发子弹是从被害人的正侧面射入，第二发子弹却是从偏后方靠近背部的位置射入的呢？啊，对了，因为胸部的子弹并不是从正侧方射入的，发射位置要更靠后方一些。"

"是的。如果枪口的位置是一样的话，那么就是在死者往前走的时候开的枪；又或者是持枪人从死者身后开的枪。"

"不错，真是明察秋毫。还有一种可能，两人并肩而行，开枪的人走得要比死者更慢一些。那么，开枪的人的身高能推测出来吗？"

说着，小山田博士就拿起了已经等比例绘制好的方眼纸，计算起满足第一弹与第二弹的射角的点。计算出的结果是，手枪所在位置距离地面的高度是一米三三（四尺四寸）。此外，这一位置离被害人身体的中轴线大约有两尺远。

"如果刚才的两人并肩而行的假设是正确的话，那么这两个人几乎是肩挨着肩——对，两人之间的距离大概只有两三寸。那么凶手必然不可能将手枪举到与自己头部一样高的位置，一边走路一边瞄准对方的脑袋。因为那样可能会被被害人发现。还有一个证据能证明凶手没有这么做，第一发子弹是从下方斜着往上击中被害者的。那么，凶手应该是将右手抬到自己胸口处，目视前方，从被害人后面击中的，我做出这样的推测，是因为枪口的位置距离地面有很高的一段距离。这么说来，凶手的身高应该与被害人差不多，或是比被害人还要高一些。"

森田警部看着小山田博士画的图，脸上似乎写满了惊愕。志贺博士则继续着手头的解剖。

胃部的内容物几乎已经消化干净了。

从这一点可知，距离被害人的最后一次进食已经过了至少三个小时。被害人的胃里有许多菠菜。稍后根据被害人妻女的证言得知，被害人在三日正午的时候吃了许多菠菜。

"遇害时间推测是在三号下午三点到下午五点之间。"

说这句话的时候，志贺博士仍在继续调查。肠子以及腹部的脏器，没有其他需要特别记录的地方。胸部的检查中，除了证明被害人患有常年的肺结核以外，也没有特别之处。食道的中间有一块肿大的地方。

"不会是食管癌吧。"

志贺博士喃喃道，纵向切开了食道。

"哦？居然有这种东西。"

志贺博士取出了一块像是纸团一样的东西。他用镊子稍稍夹起了纸团，露出惊讶的表情，喊道："喂，厨川君，你用陶盘装点干净的水给我。"

小山田博士默不作声地走到志贺博士旁边，踮起脚观察着。

"您放心，我来做这件事。"

说着，志贺博士小心翼翼地用镊子尖端展开了纸团。纸是和纸，纸质应该非常好，渐渐地在水中舒展开来。当纸张完全展开的时候，看到纸团上的内容的志贺博士转头看向小山田博士，两人互相点了点头。这是他们发现了重要的东西时的秘密信号。他们一起屏住了呼吸。

"老师，很遗憾，这是用铅笔写的。用铅笔写在和纸上的文字比较难看清。等纸晾干了再看会保险一些。要是肉眼看不清的话，那就用水银灯看吧。"

"我看看。不过，现在或多或少能看出一点吧。"

"您等等，我试着辨认一下。啊，这是用日语写的。是汉字和假名 ① 混合的日语。只是，这些文字挺奇怪的。应该是某种

---

① 假名，即日语的表音文字。"假"即"借"，"名"即"字"，意即只借用汉字的音和形，而不用它的意义，所以叫假名（かな），而汉字为真名（まな）。

暗号。"

"什么，你说暗号？"

"是的。'割り留るい、似よ似よ'，什么'蚊取'……写的是这些。"

小山田博士的眼睛不好，只是垂下脑袋，点头听着，看样子似乎是要将这一类事情全盘交给志贺博士处理。

"看来不是你的读法不对。这应该就是暗号了。"

第二天纸张风干以后，几人看清了纸张上的暗号。模糊的部分用紫外线进行了确认，但是读完全文后，几人依旧不得要领。纸上的内容如下：

> 割り留るい、似よ似よ、そい蚊取り、羅利礼不意
> り留裡、寝れ岩よ嬶よ、強る寄れよ借り留寄り、
> 和よ貝る待つ間夜ね、らいりれま、和よ蚊よ夜利
> に酔ふ、津何日伊和利仮世寝入りれよ狩り、累る
> ねれ真妻猥つま、買い新津代

"这到底是什么意思？虽然是汉字和假名混合的日语，但是根本不知所云，简直就是大本教的御笔先 ①。"

"总之，这是某种暗号，应该是不会错的。只是我们读不懂。"

听到志贺博士说的这句话，小山田博士笑了。

---

① 日本神道十三派之一金光教的巫师出口直，自称得到国祖国常立大神的神示，1892年与同教的巫师出口王仁三郎相约创立大本教，以御笔先（神谕）的方式与教徒进行间接交流。

小山田博士笑的时候，露出了自己稀疏的、沾着许多烟渍的牙齿，这时的小山田博士看上去着实像是一位慈眉善目的老好人。接着，他眯起了自己像象一样的眼睛①。

"总之，你先把它复制几份。除了我和你，森田警部那里也一人一份地递过去。被害人应该是遇到了意外情况，慌忙吞下了纸团，随即就遇上了枪击。这么想来，对于被害人本人来说，纸团在某种意义上是很重要的东西。说不定，凶手曾要求被害人交出纸团。"

几人马上给这张疑似记录暗号的纸团拍了照片，做出了复制品。小山田博士将其中一份照片放在自己的口袋里，四下无人的时候会拿出来看看。所有人有一个共识，似乎只要破解了这一暗号，高冈日出夫之死的疑团就会彻底解开。

从高冈日出夫的尸体中取出的子弹，很快就被送到了鉴定科进行检查。

结果很快就出来了。这颗子弹是几乎不可能在日本民间流通的、点三八口径的左轮手枪的子弹。

"什么，左轮手枪？型号这么古老的手枪，现在要是有谁持有的话，应该申报了持枪许可，这样一来，查一下就知道有谁了。"

果然，他们查到了这把手枪的来历。在东京，点三八口径的手枪的持有者只有一个人。而且，这个人就是比良良三。

———————
① 这里指眼睛小。

三

通过电话向高冈日出夫的妻子——礼子传达她丈夫的死讯时，这位夫人似乎下了很大的决心才进行了回复。刑警在电话中提出，由于发现的尸体是死于他杀，因此需要立即解剖，希望能得到她的许可。如果她想见丈夫的遗容，请她前往比良宅邸或是T大学的法医学研究室。此外，他们还想向她询问高冈先生在失踪前的日常生活。

这位夫人的回答是，自己无法前往比良宅邸，但可以到大学去。尸体刚送达大学的时候，高冈夫人就已经到了。

最先与她见面的是志贺博士，他问了她一些关键的问题。

她陈述道："我丈夫属于无产党，因此经常会遭人怨恨。但最近已经收敛不少了。在这种情况下被人杀害，我虽然觉得很不甘心，但之前似乎就有某种预感。"

"您说的预感是指，您觉得您丈夫会被人杀害是吗？"

"不，不是预感到他会被人杀害，而是预感到他与比良先生之间可能会发生什么事端。"

"比良先生是指？"

"比良良三先生。是前年的事情了，比良制果公司发生罢工的时候，我丈夫和无产党的同志一起支持了罢工运动。由于我丈夫是律师，因此作为罢工集团的代理直接与比良先生进行了谈判。我想那应该是我丈夫和比良先生第一次面对面地见面。"

"您提到'面对面地见面',是指在这次见面之前虽然未曾谋面,但两人之间有某种联系吗?"

听到志贺博士的问题,高冈夫人的脸上仿佛露出了不安的表情。

尽管志贺博士还想追问下去,但此时尸体已经送到了 T 大学。尸体解剖需要尽快完成,因此高冈夫人先去看了尸体。但她丝毫没有害怕,而是要求警方尽快完成尸体解剖,确定丈夫的死因,找出凶手。

"我想解剖至少需要一个小时。您是在这里等待,还是回家等待?"

"马上我丈夫的弟弟也会过来。如果解剖时也能让我在场的话,那我就打算留在这里。"

只是,最后高冈夫人并没有陪同解剖。没过多久,死者高冈的弟弟到了大学,只有这位弟弟旁观了尸体解剖。

第一次观看尸体解剖的人,哪怕是警察,都不乏因脑缺血而晕倒的人,毕竟这种场面是残酷而又血腥的。特别是像今天这种需要打开尸体头盖骨的解剖,最令人反胃。高冈夫人不愧是无产党律师的夫人,在一开始就提出想要亲自见证尸体的解剖过程。只是最后被周围人劝住了,在小房间里坚强地等候着。

后勤人员去小房间给高冈夫人倒了两次茶。夫人在大学空空荡荡的接待室里,靠在铺有绿色毛毡的桌子上,几乎一动不动地等待着。

终于，在过去了一个多小时的时候，走廊里突然响起了脚步声。小山田老博士擦着手走了进来，志贺博士和森田警部也跟着进来了。

"呀，让您久等了。您没旁观真是太好了。弟弟最后脸色都发青了，现在正在旁边房间里休息着呢。现在正在缝合尸体，等完成了以后，应该可以恢复原样。在那之前，其实我还有些事情想问您。"

"好的。我知道迟早都会进行这样的调查。我丈夫果真是在比良宅邸被杀害的吗？"

"应该是这样的。我们此后会寻找犯人，但就这一点而言，我想先听一下您的意见以做参考。"

"我知道了。只是，如果是被手枪击中，应该会有人注意到这个声音吧？"

"话是这么说，但是太太，犯人利用了一个巧妙的机会。第一点，比良宅邸占地面积广大，附近很少有人路过。虽然地点离背面的青梅街道很近，但是只有在犯罪发生的那一瞬间或是下一个瞬间路过的人，才能为本案做证。其次，第二点，比良宅邸位于代代木的明治神宫的背面，而当天是十一月三日。您想，犯人正是利用了烟花绽放的时机。总之，犯人做了充足的计划。"

正当小山田博士大大咧咧地阐述时，志贺博士开口了。

"高冈太太，您之前似乎说过，您有一种预感，觉得比良先生和您的丈夫之间会发生什么事端。哪怕您觉得不太方便开口，但这会成为搜查工作上的参考，能请您坦诚地说说看吗？"

"好吧。实际上，高冈家和比良家自上一代开始就有深厚的交情。如各位所知，高冈的父亲晚年虽然凄凉，但也曾作为政治家有过手握重权的时期。那时，他和比良中将有着深厚的关系。我猜，比良中将希望通过高冈的父亲获得政界的影响力，而高冈的父亲也希望通过比良中将来获得军界的影响力。日俄战争结束后，两人的关系因为意想不到的缘故破裂了。有传言说比良中将背负着某个重大的责任，被逼走上了自杀之路。高冈似乎清楚比良中将自杀的原因，也曾提及那是由比良中将自己的问题导致的。自从高冈父亲的政治生涯被葬送后，说实话，我们其实对比良家抱有恨意。而那位被誉为贤妻的比良中将的遗孀，说什么'杀死比良的凶手就是高冈'，因此对我们也抱有恨意。自那以后，我们两家就断绝了来往。不过，这都是我刚嫁入高冈家时的事情了。"

高冈夫人讲述了这段恍若命运在搞恶作剧般的往事。

自从上一代断绝来往后，下一代之间的关系就宛如三角形的两边朝不同方向打开了一般，渐行渐远。比良在积累自己作为资本家的势力时，高冈则站在劳动者的一边，挥洒着泪水与汗水，在辩论和实践中积累着自己的经验。

"关于您两家的关系，我已经清楚了。虽然反复提有些不好，但我刚刚说的是，您是从什么时候开始预感到会发生事端的呢？是有什么以前已经断绝的机缘，又一次浮出了水面吗？"

"不，不是这样的。其实，我虽然说了'最近'，但也是长达三四年时间的事情了。比良先生的长男——比良良吉先生，也属于无产党，因此与我丈夫相识，有一段时间两人的关系好到相见恨晚。但从某个时刻开始，他们又突然变得形同陌路。"

这时，森田警部突然插嘴道："你说什么？比良的长男？他不是一直在国外留学吗？"

"不，这件事情我不清楚。只是，就在刚刚过去的七八月份，他应该还在东京。"

"什么，在东京？但是，今天去比良家调查的时候，他们的确说长男去了国外留学。"

森田警部话音刚落，小山田博士沙哑的声音就接上了："对，我们只是听到他们说长男去了海外留学，因此先入为主地认为长男很早就离开了。但是当时不是还说了，自从良吉少爷离开以后就没打扫过庭院嘛。那么良吉应该是最近才去留学的。"

听到这里，森田警部已经站起身来。

"说的是。虽然老师说对比良的问讯可以放到明天，但我觉得，这点需要立刻确认。"

森田警部按下铃铛呼唤刑警，接着吩咐道："喂，你给比良打个电话，问问他长男良吉在不在。要是他回答'不在'，你就立刻去确认良吉的行踪。"

听到两人的问答后，不知为何，高冈夫人的脸色变得惨白。

她似乎是没想到自己说的事情居然会使良吉进入警方的视野，因此感到非常痛苦。志贺博士毫不留情地抓住了这个弱点。

"太太，您似乎有些过于关心这个人了，他是您丈夫葬身的宅邸的一员，甚至有可能是您丈夫的仇人。难道您认识比良家的长男良吉吗?"

"认识。"

说完，高冈夫人又思考了一会儿。

她苍白的脸庞下方，似乎有某种情绪在微微动摇，她的脸上泛起了血色："看来，我还是把所有能说的都说了吧。我丈夫有许多理由与比良家为敌，但只有对良吉先生，是我丈夫有错。"

高冈日出夫在青年共产联盟的时候，第一次认识了比良良吉。当时，比良良吉虽然不是联盟的干部，但却是联盟成员与外界成员交流的重要桥梁。作为无产党干部的高冈和作为联盟代理人的良吉，因为某一段恋爱关系的曝光，导致两人的关系产生了龃龉。

高冈夫人的侄女达子和良吉在很久之前就保持着恋爱关系。尽管夫人并不知道此事，但高冈不知在何处察觉到了。但是知道这件事后，高冈的态度便立刻发生了转变，曾对良吉抱有极大敬意的他，突然对良吉产生了敌意。他还说服达子的父母，迅速将达子嫁给了某位外交官。

对于这件事，夫人是不赞同的。

达子的态度就更不必说了。

尽管父母也不赞成，但突然发生了某起事件，仿佛印证了高冈的主张。正当两位恋人直面如此困难的命运时，良吉突然被逮捕了。

在监狱里待了两年，因为祖母的病情，良吉第一次发誓要转变思想。当他获准出狱的时候，达子已经消失得无影无踪了。

尽管如此，良吉仍未意识到自己遭到逮捕其实是他人早就预谋好的。因此在出狱后，比良制果公司发生罢工运动的时候，良吉虽然没有参与罢工运动做出令自己父亲痛苦的事情，但依旧通过高冈转达了一系列消息，比如公司能为罢工团队做出的最后让步是哪些条件等，为罢工团队暗中提供帮助。

"只是，近来良吉先生似乎知道了那段时间的事情。我所谓的预感，也就是指这件事情。"

"原来如此，我明白了。那么良吉先生杀害您丈夫的可能性……"

"不，他绝对不会干出杀人这种事。我丈夫始终相信，以良吉先生的行事风格，他的复仇应该是会让自己失去在青年群体中所拥有的信赖和名望。我丈夫也一度为此感到害怕。"

听到这里，志贺博士像是刺入必死的最后一刀般，扔出了一个问题。

"那么，您所谓的达子女士，也就是您的侄女，现在在哪里？"

"她嫁给了外交官，她的丈夫现在担任二等书记官，去了莫斯科的日本大使馆。"

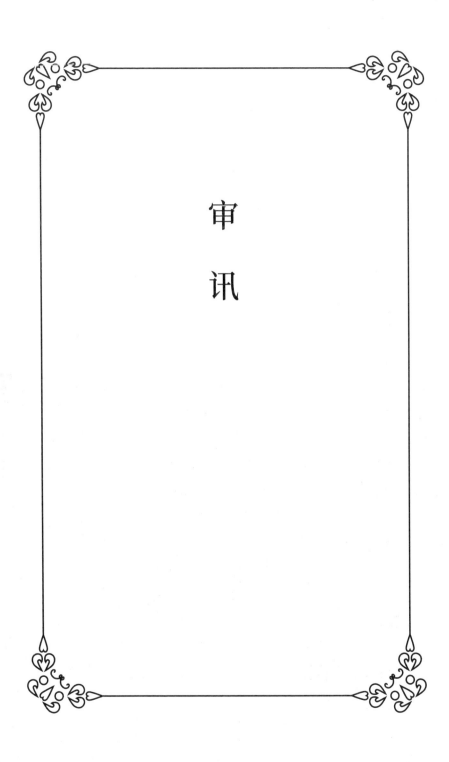

审

讯

一

在前往比良家进行审讯之前，森田警部先去了一趟特高课①，找冈田警部调查了高冈日出夫与比良良吉的过往。特高课里有关于比良良吉的记录，他的情况看了记录就能立刻搞清楚。虽然那里并没有留下关于高冈日出夫的记录，但森田警部听到的评价却与原先的预期截然不同。冈田警部止不住地批评高冈："这么说吧，高冈这个人拿无产党当卖点，让世人觉得他与青年共产联盟等组织有关联，为博取名声做了不少努力，但实际上却和这些组织一点关系都没有。就是所谓的欺世盗名罢了。"

"也就是说，这算是一种商业策略，类似于给自己打广告？"

"嗯，要这么说的话也算是吧。只是，他做的还不止这些。那家伙与他表现出来的样子截然相反，他会把青年共产联盟这类组织的秘密卖给我们。此举给我们开了方便之门，所以我们挺重视他的，但表面上还得跟他扮演水火不容的样子。"

"是吗？那你知道两三天前高冈失踪了，然后他的尸体昨天被发现了的事吗？"

"嗯，昨天晚上听说了。所以，我必须先提醒你一件事，高冈之前虽然算是一个告密者，但他最近完全停止了这类活动。可能是被联盟察觉出了什么蛛丝马迹，正在备受折磨；如果不是的

---

① 特高课，即特殊高等警察，日本的秘密警察组织，职能大致与美国联邦调查局类似，负责政治团体的调查工作。

话，就是最近开始变得收敛了。我们这里也在监视他的行动。"

森田警部还调查了那天晚上良吉前往国外留学的事情。三日晚上九点左右，良吉离开了比良宅邸，因此在高冈遇害的案件上，良吉没有不在场证明。故而，森田警部想到在今天的调查中有必要仔细调查良吉，而实际调查后发现，似乎所有的嫌疑都集中在良吉身上。

四日白天的时候，因脑缺血发作昏倒在比良宅邸的祖母已经彻底恢复，回到了隐居所。导致良吉离家的直接原因，即女仆敏也的症状这时也彻底痊愈了，敏也又恢复了精神。

"敏也，良吉已经到哪里了？"

"良吉少爷是三号出发的，听说是四号在敦贺港，五号六号在浦盐港，六号正午乘坐前往西伯利亚的火车。现在他应该已经在火车上了吧。"

"敏也，有西伯利亚的地图吗？说到西伯利亚，祖父以前不是总像口头禅似的嚷嚷着，说他甚至能把贝加尔湖地区都拿下吗？"

"是的，西伯利亚的地图，胜子小姐学校发的地理书上有。"

敏也听从祖母的吩咐，去拿了地图回来，然后开口道："隐居大人，警察来了。似乎要调查些什么。"

敏也之后回忆说，当时祖母摆出了一副"这些事情都无关紧要"的表情。

"啊，是为了昨天那件事来的吧，估计是有了什么麻烦事。来，让我看看地图。"

祖母戴上眼镜，看了一会儿西伯利亚的地图。这是女子学校使用的、非常简略的地图，上面有西伯利亚蜿蜒连绵的铁道和铁道沿线上的一个个站名。

"敏也，你读一读这段话。"

"好的。从符拉迪沃斯托克出发，接着便到了贝加尔湖。再往前走，有鄂木斯克和托木斯克。莫斯科还在很前面，在地图左侧的边缘。"

"当时说是几号到莫斯科？"

"良吉少爷当时说的是十号到莫斯科。"

这时，良吉的母亲过来了，她向两人说道："警方说祖母和敏也也要接受审讯，你们来一趟主屋吧。"

用于审讯的调查室设立在小小的客厅里，人们一个一个地被叫进去接受调查。不出所料，最先被叫到的是比良家的家主。

"实在不好意思，考虑到调查结束后，您就可以直接去公司上班了，所以将您的顺序排在了第一位。比良先生，点三八口径的左轮手枪，在伦敦的编号是三九六七号，这把手枪对应的持枪许可上写的是您的名字。想来您应该知道这件事吧。现在有两发子弹留在了尸体内，是日本罕见的点三八口径的子弹。"

"我知道这把手枪。您说的具有持枪许可的手枪，归我父亲所有。如您所知，我父亲曾经担任过陆军中将的职位。"

"对的，没错，我们知道这把手枪的由来。只是，我们想知道您现在是否持有这把手枪，如果持有的话，希望您能展示给我们看看。"

"实际上，虽然它在我手上，但我觉得麻烦，总劝母亲早点把它供奉到神社里去，但母亲大概把它当成了父亲的遗物吧，一直不肯放手。没办法，就一直收藏到了现在。"

"这没关系的。只是，如果您现在有这把手枪，希望您能展示给我们看看。"

比良先生的脸上露出了显而易见的为难神色。

"实在是不好意思，实际上，它应该是被偷了，现在不在我手上。"

"什么，被偷了？根据调查，这把手枪里应该有大约五十发真子弹，您的意思是这些子弹也被偷了吗？"

"是的，真子弹也一起被偷了。"

"那么，是几号呢？"

"实在不好意思，失窃的日期我也不清楚。毕竟母亲一直将那玩意儿放在隐居所，所以等我们注意到的时候，已经是四号母亲脑缺血发作的时候了。在去隐居所搬被子过来的时候，发现手枪不见了。"

"那么，也就是说，您不知道手枪是什么时候丢的吗？"

"母亲说，她在十月初的时候拿出来看过一次，家人也能做证。应该是自那时起到十一月四号之间被偷的。"

"那么，为什么四号的时候发现了这件事，却没有立即联络警察？"

对比良先生来说，这可能是最难回答的问题了吧。比良先生没有回答，垂下了头。

"让我来说吧。像您这样守规矩的人，却疏忽了联络，一定是有理由的。应该是您的长男，良吉先生将它带出去了吧。这也没有关系，接下来我想问的是，在三号下午三点到六点这段时间内，您在哪里？"

"那段时间我在家里，那天是良吉的送别会，请了公司的干部们到家里来，直到三点才把客人都送走。在那之后，我一直待在家里。"

"当然，这件事情大家应该都是知道的。"

随后，众人也确认了这件事。

听到这个问题，安子想起了三日傍晚的时候，她去找良吉，顺便还找了良三。但事实上在那段时间里，她既没有找到良吉，也没有找到良三。不过她并没有向警方说出这一疑虑，由此，这对夫妻相互为对方做了不在场证明。

"您恨高冈日出夫吗？"

"倒没有到恨的地步，虽然这么说，但也不能说两家没有过节。只是，怎么可能呢，对我来说，杀了高冈先生就会赔上自己，这样多不划算。"

比良良三这么否定道。森田警部觉得他说的应该是真的。

此外，其他的家人都有各自的不在场证明，只有良吉缺乏不在场证明。

针对这个问题，被再次追问到良吉的不在场证明的安子表示，总之，在三日下午三点到五点左右，自己去找了良三和良吉，但没有找到，两人大概是在某处待着吧。森田警部又根据这份证言再次追问比良良三。

他回答道："哎呀，是我之前记错了。其实，三号的那段时间里，我去了庭院的竹村房间那儿。"

"那么，那时候您就在案发现场的不远处吧。"

森田警部这么问道，等候竹村的证言。竹村主动说道，良三的确来找过自己。只是当森田警部问及两人当时聊天的内容时，无论是良三还是竹村都是同一个回答，说自己不方便透露。

在当天下午三点到五点这段时间里，没有任何人看到过良吉的身影。尽管警方不清楚良吉的杀人动机，即他是用什么手段邀请高冈日出夫出来的，以及出于什么理由发展到了要将其杀害的地步，也没有决定性的证据，但总之，警方将良吉列为第一嫌疑人。

"良吉的身高是?"

"五尺五寸五六分应该是有的。他很高。"

小山田博士满意地笑了。

当在祖母和敏也的审讯中提到良吉没有不在场证明时，警方看到了非常奇怪的一幕。

这是因为，祖母和敏也两人的回答和态度都十分模糊。刚开始的时候，祖母明确表示良吉那个时候在隐居所，但当听到安子转述的证言后，祖母又说自己其实记不清当天的事情了。敏也则表示，事情就是这样的，当时隐居大人在床上睡着，而自己就在隔壁房间正坐 ① 着静候。

---

① 正坐又称跪坐，指臀部放于脚踝，上身挺直，双手并拢放于膝上且目不斜视的坐姿。

"那么，总之，只有良吉没有不在场证明。虽然比良良三与竹村身上也有一些可疑之处，但和良吉的嫌疑比起来，他们的嫌疑都很小。"

在敏也面前，森田警部与刑警如此说道。敏也扭捏了一会儿，最后突然以袖口掩面，"哇"的一声哭了出来。

二

审讯结束后，森田警部和小山田博士讨论道："总而言之，关于杀害高冈的人，现阶段最有嫌疑的应该是比良良吉。只是我们手上还没有决定性的证据，因此没有办法立刻安排行动。"

"嗯。但是可以试试和比良家的家主，或是和比良一家进行协商。如果比良家同意的话，再要求良吉回国就行了。"

小山田博士的意见也是类似的，事已至此，虽然没有决定性的证据，无法直接断言良吉有嫌疑，但为了案件的搜查着想，催促良吉回国是最快的方式。

因此，森田警部与良吉的父亲商量了一番。比良良三说道："好的。虽然我认为良吉不可能是犯人，但考虑到是为了案件的搜查，我就同意让良吉回国吧。只是有关良吉的事情，我都得先跟祖母商量一下。"

接着，比良立即与祖母商量，他以为，所谓的商量也只是以防万一、走个形式，祖母必然不会反对让良吉早些回国。但没想到，祖母的答复与他想象的完全相反。祖母与往常截然不同，反对他们随意要求良吉回来。祖母的意见是，难得良吉鼓起勇气出去了，立刻把他叫回来的话，他多可怜呀。因此，比良先生费了好大一番功夫才说服了祖母，最后同意让良吉回来。

在做出这一决定之前，敏也似乎因为自己的证言而抱有罪恶感，脸上一直笼罩着忧愁。而现在，她脸上的忧愁一扫而空。

"算来，他今天才刚坐上西伯利亚线的火车吧。要是发一封电报的话，应该会提前回来吧。"

森田警部这么说道。当天傍晚，他就向西伯利亚线火车内的良吉发了一封电报。这是一封篇幅较长的电报，内容是祖母在比良家病倒了，家人们都希望良吉能先回来一趟，所以请他务必回来。此外，还加上了一句"收到这封电报后，请回电报告知我们再次回到日本的大致时间"。

但是这封电报发出后，没有任何回音。

"他可能没收到这封电报。"

"也不一定，苏联邮政局虽然速度不快，但应该会准确送达。我想，他应该是收到了这封电报，只是下定决心不回来了吧。"

"那老师，您是觉得，杀害高冈的是良吉，所以他才不敢回来吗？"

"不，他有没有杀人我不知道，但总之，他不想回来，或是出于某个原因不想回来。"

在这之后，又发了三次电报，只是依旧没有回音。

不得已，森田警部只能借用警方的力量，与苏联领事馆进行了联络。

"只是，在没有确定犯人的情况下，苏联政府是不能采取行动的。不如通过日本外务省①，安排人在莫斯科的大使馆盯梢，将他送回日本怎么样？"

森田警部觉得这一提议非常合理，于是立刻去了外务省，很快就完成了与外务省的交涉。他在外务省向驻俄大使发了一封长篇的电报，坦诚地说明比良一家因发生了杀人案件而陷入混乱，希望大使馆能与良吉本人取得联络，向他告知祖母病倒了，要求他回国。为了保证比良良吉回国，希望获得大使馆的帮助。根据森田警部的意见，在电报之后又加了这么一句话：若比良良吉回国，万事解决后，比良家不介意良吉再次出国。

光是这些行动，就花费了一周多的时间。

而被发现的疑似暗号的谜题，却一直没有线索。最为烦恼的是小山田博士，他最大的烦恼便是：口香糖杀人案与高冈日出夫被杀案之间是否有关？他对此毫无头绪。

如此，当案件在日本停滞不前的时候，寂寞地坐在西伯利亚铁道三等车厢的比良良吉，正在继续着他前往莫斯科的艰辛旅途。

_____

① 日本外务省为日本的外交部门。

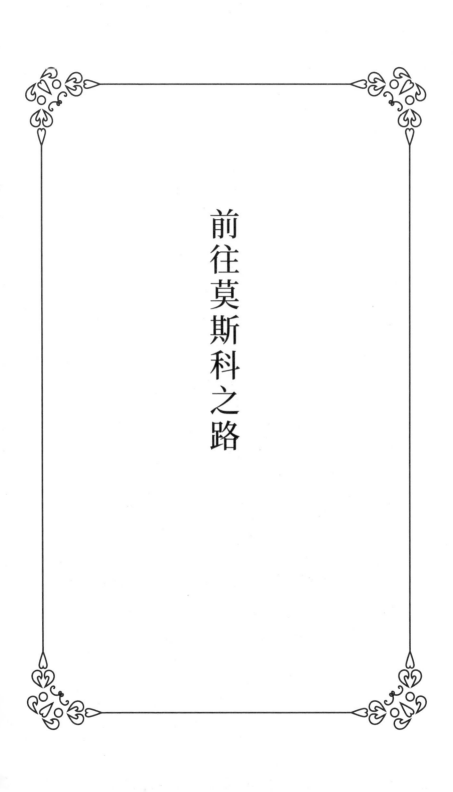

前往莫斯科之路

一

火车路过贝加尔湖湖畔时，已经是深夜了。

当听到旁边的人谈论到昨晚路过贝加尔湖时，良吉想到，原来自己的西伯利亚之旅已经走了很远了啊。

从符拉迪沃斯托克出发的时候是十一月六日，今年恰逢苏联革命十五周年纪念，从十一月七日起，全联邦会共同庆祝这一重大节日，因此，就连荒凉的符拉迪沃斯托克的小镇上都插着许多红旗。各个小镇上挂满了红布，上面用黑色的大字写着各种各样的标语。

火车上的气氛，也因为十一月七日的纪念日而变得活跃起来。坐在良吉后排的年轻女性换下了自己最开始裹着的红色俄罗斯头巾，用近乎白色的布绑成了日本一字巾①的样子。她和坐在同一个包厢的一对年轻男女大声地歌唱着，两人似乎是她的同事。与良吉在同一个包厢坐着的人中有一位老婆婆和两名似乎是平民的中年男性。其中一人正好奇地打量着旁边的包厢，良吉也小心翼翼地打量着。

那时，就连去食堂，良吉的内心都有些胆怯，可在跨过贝加尔湖后，他已经完全习惯了西伯利亚的旅途，甚至能听懂一些俄语了。在等候送审的两年牢狱时光中，他一直努力学习俄语，出

---

① 一字巾：日语为钵卷，是和服的一种头带，围在头上做束发之用。

狱之后也没有懈怠，但在符拉迪沃斯托克到贝加尔湖这段时间内，他总觉得俄语变成了自己从未学习过的语言，怎么听也听不懂。从符拉迪沃斯托克出发后，最开始还能看到一些树木，积雪也还不深，但后来，就变成了荒凉的西伯利亚大地。在这荒凉的、覆盖着积雪的大地上，夕阳从云间洒下光芒。这是一幅多么落寞的景象啊。

越过克拉斯诺亚尔斯克，直到到达伊尔库茨克的大车站为止，良吉几乎都坐在同一个位置上，沉浸在思考中。

西伯利亚的三等座席说是座位，其实不过是直接用木板制成的椅子。离开日本时，他只带了一块毯子，白天就把这块毛毯叠起来铺在木板椅子上，晚上把毛毯披在身上，浅浅地睡着。等用体温暖透木板的时候，他的屁股已经酸痛了，因此经常中途醒来。

同一个包厢的空间只能容得下两个人长时间横躺。为了照顾老婆婆，三个男人都没有躺下睡觉。刚开始的时候，他们将横躺的空间都让给了这位老婆婆。但到了第三天，有一个像是平民的人似乎与老婆婆起了争执，老婆婆声音高昂地表示了抗议。最后，那天晚上，还是老婆婆赢得了横躺的权利。

良吉占据了靠近车窗的座位。无论是白天还是晚上，丝毫没有占据别人位置的打算。

刚开始的时候，同一个包厢的人像是发现稀罕人物似的打量着良吉。应该是他们当中有谁说出去了吧，甚至还有隔壁包厢的人过来观察良吉。良吉曾在心中猜想，或许他们是觉得日本人罕见，但后来他才意识到自己的想法有误。良吉的西装和领带，在日本都是很常见的东西，但对这里而言，似乎是非常高级的东西。特别是良吉戴着手表，这就更为罕见了，最后甚至有远处包厢的人过来询问良吉现在的时间。他们不是觉得日本人罕见，而是觉得良吉的衣服和手表罕见。良吉这种在日本乘坐三等火车的人，大部分都会带上一块怀表，而在西伯利亚坐三等火车的人中，却没有一个人带了怀表。得知这件事时，良吉有些惊讶。

不过，经由此事，良吉突然对俄罗斯人产生了一些亲近感。这群人中，尤其是老婆婆，开始对良吉释放善意。最开始的时候，良吉觉得，这位老婆婆与其说是一位老人，不如说更像是某种猛兽，但在这之后，他偶然在老婆婆脸上看到了像是自家祖母的表情，便也开始放下心防，露出了自然的微笑。

良吉想起了自己的祖母。与此同时，他知道自己这次得以离开日本，都是祖母的功劳，心中暗暗地怀着对祖母的感谢之情。事到如今，他并不认为前往德国便能找到自己人生的方向。但父亲说出"滚去德国吧"的时候，他感觉自己仿佛从某种类似桎梏的东西中解脱了一般。

就算出狱后，恢复了自由之身时，良吉都丝毫没有获得解脱的感觉。

的确，能一整天晒着太阳，是件愉悦的事情。双腿可以伸直地躺在柔软的被窝里，也是件愉悦的事情。但是对于不知在这之后该往哪儿走的良吉而言，这些身体上的愉悦，并不是期望已久的自由。

自高等学校 ① 开始，良吉就是青年共产联盟的客座成员。

现在想来，自己当时是多么精力充沛，为理想而燃烧着啊。到了大学一年级的时候，虽然客座成员的身份依旧没有改变，但他已经可以前往地方 ② 担任指导了，为此他还向学校撒谎请了六个月的假。之后，他受青年共产联盟干部的恳切邀请，正式加入了联盟，不料却遭到了逮捕。

替良吉出力、引导他加入联盟的两三位同志，在遭到逮捕后，立刻宣称自己已经转变了思想。而良吉因逮捕而受到惊吓，没有立即表现出转变思想的举动。就连联盟的干部都被保释出去了，只是客座成员的良吉却在监狱里待了整整两年的时间。在那段时间里，某些不该由良吉背负的东西，结结实实地压在了他的背上。

某一天，母亲来看他了。

母亲告诉了他祖母重病的消息。描述完祖母危险的状态后，其他的话母亲什么都没说，只是一个劲儿地哭着。

良吉虽然冷冷地看着哭泣的母亲，但却突然下定了转变思想的决心。

现在想来，在监狱的时候，良吉已经意识到自己存在理论上的谬误了。

特别是在对形势的依存问题上。

多数人满足于依存当下的形势，而良吉却只满足于依附接下来出现的形势。但是，在对待依存问题的态度上，他有一个重大

---

① 高等学校：指日本的中等教育后期阶段的学校，相当于高中。
② 这里的地方指的是除了东京以外的日本城市。

的谬误。他当时肤浅地认为，即将到来的形势是历史上最为严峻的形势，是人类历史的顶点，也是终点。

只是，就算承认这个理论上的谬误，良吉也无法立即下定决心转变思想。不如说，正是因为认识到了这一点，良吉才更难做出转变。这或许也是因为他继承了比良的血脉吧。

因为害怕监狱生活而发自内心地想要转变思想时，面对这一危险的想法，良吉的特质决定了他选择主动体会监狱的艰苦，这也是为什么他在监狱中停留了整整两年时光。

在监狱中，良吉经常与自己做这样的心理斗争。在这一斗争中，他的内心有两股力量，偶尔是其中一方获胜，偶尔是另一方获胜。其中一方，他心牵同一阶级战线上的曾经的同志们，而另一方，他心牵在外面的世界生活的两个人物。

他曾经的同志们，在这两年间纷纷将自己的债权推到良吉身上。有人将自己的罪名悉数扔到良吉肩上，很快就回归了社会。还有人将问题的源头归罪到良吉头上，说是受了良吉引诱，最后才做得比良吉过火。但是，这些同志的举动反而使良吉在转变思想时不再有所顾虑。

这两个人物，一个是指祖母，另一个是指达子。——想到这里的时候，良吉突然回忆起自己不可思议的过去。

良吉在高等学校时代有一位男性好友叫嘉门，达子是嘉门的妹妹。她与良吉在高等学校一年级时就认识了。在嘉门突染伤寒死去后，两人的关系便发展到了互相交心的地步。随后良吉才从别的渠道得知，这位达子是自己的熟人高冈律师的侄女。

良吉之所以将其称为"不可思议的过去"，是指他从没想过将达子牵扯到自己所进行的阶级斗争运动中去。

之后回想起这段时光，实在是感到不可思议。

在那时候，女性青年共产同盟已经成立，自然与青年共产联盟之间也有着亲密的联系。不少女性运动者担任男同志的女管家，协助运动。而且这些女同志中的大部分都是从男性运动者的朋友中发展起来的。良吉也十分清楚这一点。尽管如此，良吉虽然进行着激烈的阶级斗争运动，但依旧极力避免让达子与这些事情产生关联。

因此，他丝毫没有注意到这件事。

在等候起诉的监狱生活中，某天深夜，当良吉突然察觉时，他感到无比惊愕。

此时恰逢秋月照在屋檐的石板瓦上，一束月光照进了良吉的窗内。在良吉心中，他对联盟的关心至为深厚，但他对达子的关心也不遑多让。这两者之间没有任何冲突。不可思议的是，连良吉自己都没有注意到，不知何时这两者已经在他心中变得同等重要了。这一事实俨然不可动摇，如同从映入眼帘的月光联想到的夜空中的明月一般皎洁明晰。

当他突然察觉到这件事的时候，他还记得自己似乎曾为此吓出一身冷汗。

因此，他非常小心，避免让高冈律师发现他与达子之间的关系。此外，他也没有向自己的父母或是祖母等人告知自己正在与达子交往。

之后想来，或许他至少应该向高冈律师提前知会一声，这样一来，或许高冈律师就不会那么轻易地趁自己在监狱里的这段时间让达子消失了。良吉这么想道。

达子突兀地嫁给了一位叫加贺美的外交官。当良吉回归社会的时候，不巧加贺美已经前往莫斯科的日本大使馆赴任了。达子也消失得无影无踪，仿佛从未出现在良吉的生命中。

达子是怀着怎样的心情结婚的呢？

达子拥有女性中罕见的理性且聪明的头脑，尽管在实际的运动上，她从未受过良吉指导，但在理论方面，她应该从良吉那里学到了充分的知识。在良吉突然遭到逮捕后，若是她因此变成一个共产主义实践派的人物还能理解，但她却抛下良吉，立刻嫁给了别人，这就令人百思不得其解了。

良吉想着总有一天达子会主动向他说明，因此一直等着。或许达子会通过某种手段，如风一般传来她的消息，他甚至在梦里都期盼着这一天。但是达子音讯全无，哪怕是只言片语的消息也未曾传来。或许，就连良吉出狱的事，达子都不知道吧。

当父亲命令他滚去欧洲的时候，当父亲命令他跨过西伯利亚的时候，良吉的心底突然冒出了一个想法：这是一个千载难逢的机会。他没有在父亲、在家人面前退缩，也是因为那一瞬间良吉在心底里想到，顺便绕路去一趟莫斯科吧，然后听听达子的心声。要是听过之后，自己能够原谅达子，那就原谅吧。无论如何，他都想把这件事情做一个了断。他暗暗下定了决心。

在提交完签证的申请，等候出发的这段时间里，他渐渐萌生了一个更为叛逆的想法。

　　对了，要是用前往德国的签证绕路去莫斯科的话，那就顺便在苏联境内待一阵子，与过去的自己做一个了断吧。当然，良吉早就知道，苏联的短期签证并不是那么容易取得的。只是，对于这个问题，在他的心底里有着这样一个想法：在他与达子之间，他理应持有达子的债权——换句话说，达子是欠着他的——在这件事情上，这份债权会起作用的。

二

　　当火车到达伊尔库茨克站时，外面已经下起了雪。

　　伊尔库茨克站的站馆屋顶上，残留着的革命十五周年纪念的红布宛如被雪掩埋的陈旧血迹。良吉立起外套的领子，走下了覆盖着积雪的站台，感受着车外的空气，做了三十分钟左右的运动。他已经完全习惯了在火车上的生活，也习惯了在火车靠站的时候出去运动一下。

　　一位少女穿着一件似乎很有年头的棉衣外套，踩着一双毡靴，用俄语向他兜售装在旧篮子里的鸡蛋。

　　"要鸡蛋吗？"

　　少女青灰色的眼眸中，蕴含着俄罗斯民族独有的悲伤。看到这双眼眸，良吉在她面前站住了。

　　"多少钱？"良吉用带着点日式口音的俄语问道。

听到良吉的回答，少女仿佛才刚刚意识到对方是一个外国人，仰头盯了一会儿良吉的脸，才难为情地笑着用俄语说："如果是外币，您就看心情给吧。"

良吉从怀中掏出一张一美元面额的纸币，投进篮子后，从篮子里拿了两个煮鸡蛋。正当他即将登上火车时，少女似乎喊着什么追了过来。良吉已经进了车厢内部，少女追到窗户前说着什么。最后才知道，少女说的是让他收下篮子里的所有鸡蛋。良吉是觉得少女的衣着过于可怜了，出于照顾才给了这些钱，却没想到少女追着过来了。他莫名地有些被少女的品格所感动，将收下的这十五个鸡蛋分给了同一个包厢的人们。

回到座位上，老婆婆和两个男人一直跟良吉搭话，似乎有什么大事。良吉终于理解了他们的意思后，其中一个男人立刻跑了出去，带回了一个像是工作人员的人。良吉被吓了一跳，接过男人递来的东西才发现，这是一封寄给他的外文电报。由于事出突然，他吓得赶忙打开，发现电报是用罗马字 ① 写的，内容是祖母患病，希望他立刻折返归国。

这一封电报，使良吉的思绪立刻回到了身在祖国的祖母身上。

上面写道，祖母身患重病。上面又写道，请他务必回国。但是良吉思索了一阵，反而决定绝对不回国。如果是父亲或是母亲患病，那他必须回去；但祖母患病——哪怕祖母逝世，他都不需要回去。只有当这个人是祖母的时候，他才有这种自信。良吉这么想道。

---

① 罗马字即日语的拼音字母。

良吉又想道，当自己决定参加阶级运动时，他也有着同样的自信。如果是爱着自己的人，一定会夸赞他的行为，他有这种自信。这或许是因为他继承了比良的血脉。但是，无论如何，良吉都无比蔑视那种出于对父亲或是恩师的敬爱之情而转变思想的选择。

此后，他在托木斯克站又收到了一封内容相同的电报。上面写道，无论如何，请告知他们自己会回去。

从托木斯克站出发，过了诺沃西比尔斯克①站，火车到达了鄂木斯克站。在鄂木斯克站再次收到一封内容完全相同的电报时，良吉的心已经如同紧紧合上屦的田螺一样，完全封死了。

谈到鄂木斯克，良吉想到了陀思妥耶夫斯基写的《死屋手记》。书中的监狱便位于鄂木斯克。对陀思妥耶夫斯基而言，谈到西伯利亚，便是指鄂木斯克。一八四九年，陀思妥耶夫斯基因为参加彼得拉舍夫斯基小组②而被逮捕，先是被判死刑，后受到赦免被发配西伯利亚。一八五〇年，陀思妥耶夫斯基被收监于托木斯克监狱。第二年，监狱改名为鄂木斯克监狱，他在这里度过了四年的苦役生活。

他经历了漫长的旅途，才终于到达了鄂木斯克。谈到鄂木斯克，那是连在俄罗斯的人都畏惧的属于西伯利亚的地区。而那之后，他还要在如此深的大雪侵袭之下，前行多久的旅途呢。

良吉曾在苏联出版的相片集中看到过一张名为"前往莫斯科

① 即Novosibirsk，又名新西伯利亚。
② 即由彼得堡的社会活动家彼得拉舍夫斯基发起的地下组织。这是俄国第一个专门讨论研究社会主义学说的"小组"，他们一边学习西欧空想社会主义，尤其是傅立叶的学说，一边讨论有关俄国农奴制、司法、出版制度的改革等问题。

之路"的相片。这张照片深深地触动了良吉的心灵。那是满目被雪覆盖的平原，时值黄昏，云层低低地挂在天空。一个戴着俄罗斯头巾、踩着毡靴的八九岁的小孩子，沿着一条路走着，他的表情看上去似乎下一秒就要哭出来。出狱后，正当良吉自己感觉似乎失去了一切立场的时候，他从这张照片背后蕴含的思想中获得了慰藉。他甚至无法想象出远方的莫斯科的样子。他非常清楚，沿着这条被如此深厚的积雪所覆盖的道路前进时，他说不定会死在中途，但为了实现自己的期望，他依旧会哭着向前行走。这就是良吉自身的姿态，是他依存于新时代的心灵。

"距离莫斯科，只有四天了哦。"

老婆婆开口鼓励良吉。

良吉愈发在心中期盼到达莫斯科的日子了。他想，要是折返回到祖母身边，便等同于再次回到了错误的道路上。

每天早上起来，沿途的景色都会发生变化。刚开始的时候，看到的是建造在积雪的平原上的木桩般的房子。有时，在这些木桩般的房子前，还会有几个小孩子在滑雪橇。这些小孩子丝毫不在意从天而降的粉末状飞雪，一旦看到有火车即将停下，就蜂拥而来。渐渐地，沿途的景色中开始出现没有积雪覆盖的土地。

良吉坐在车窗边，反反复复地回忆着某段过去。

在良吉遭到逮捕之前，他一直觉得高冈律师是一位可靠的男性。所有人都觉得，他率领着民众，在青年共产联盟与民众结合的过程中发挥了重要的作用。

代表联盟的谈判，落在了良吉头上。在良吉遭到逮捕之后，高冈律师便断绝了与良吉的交往。但这一行为只是高冈律师为了自保的手段，他绝没有抛弃联盟。直到出狱后，良吉才理解了这一点。

良吉出狱后，高冈律师为了重建因良吉等人的逮捕而几近破灭的联盟，带头做了许多工作。但曾经参与阶级斗争的同志们经常出于善意提醒良吉，高冈的本质并没有那么简单。但良吉仍然信任着高冈先生。只是在刚出狱的时候，良吉没有立即回复高冈的邀约。

就在良吉没有回复高冈的那段时间，良吉的父亲经营的制果公司发生了工人同盟的罢工运动。高冈曾对良吉说，自己是这一罢工团队的代理律师，因此被良吉疏远了。如果他作为罢工团队的代理律师的身份会伤害到良吉的感情，会对良吉成为共产主义的同志这一意志造成影响的话，他愿意放弃自己的代理律师身份。对他们而言，良吉愿意加入共产主义，有着如此重要的意义。良吉回复说，他作为罢工团队的代理人，与自己的父亲发生冲突，是不会影响自己的。如果他对自己这么客气的话，反而会把自己推远。就这样，这一危机反而拉近了高冈与良吉之间的关系，良吉自己也还记得这回事。但在那之后，突然发生了一件事，事件中高冈先生的做法将良吉推远了。

从一九三一年开始的两年里，女性阶级运动取得了惊人的发展。

其中就有一个毕业于女子大学的叫日向斐子的人。当时，这个女人非常积极且相当执拗地接近良吉。但是自从得知她一直受到高冈的庇护后，良吉突然开始提防起来。处于别人的庇护下，这一点本身没有任何影响，但他觉得日向似乎是奉了高冈的命令才接近自己的，这令他感到不快。

这个女人是个美人。她抓住了良吉的谦虚和忏悔，对良吉进行了指责，并主张良吉应该重新回到他们那一方去。在她一味的指责与理想主义的说法面前，良吉数年间的痛苦挣扎几乎被贬低得一文不值。哪怕良吉有着倾向于自责的特质，这根鞭子也没有任何同情。良吉非常清楚，日向的这番发言并不是因为她与良吉的关系亲近，而是信赖高冈的庇护，因而变得强势。

因此，良吉渐渐地疏远了高冈。

直到现在，良吉也没有把出行消息告知高冈，也没有告知日向斐子，就这样出发了。

蜿蜒的铁路穿过了贝加尔湖，越过了乌拉尔山脉。

在这之前，他只能在沿线看到星星点点的木桩般的房子，但现在，每个车站旁都能看到教堂金灿灿的屋顶，火车越来越靠近莫斯科了。

在离开日本之前，良吉向莫斯科的日本大使馆寄出了一封信，收件人是达子。

这封信是以高冈的名义写的。

他这么写道，我这里有个青年，于十一月六日乘上自符拉迪沃斯托克出发的国际列车。你或许也在我家与他有过一两次会面。他在前往德国的途中，应该会孤身去一趟莫斯科。如果他本人寄信与你联络的话，你与丈夫好好商量一下，为他提供一些帮助吧。

　　如果这封信落到了达子手上，她肯定一眼就能看出，这封寄件人为高冈的信是良吉的笔迹。达子啊，如果你觉得自己仍有事情要向我说明的话，那你应该会察觉到这封信中的种种深意吧。随着与莫斯科距离的逐渐缩短，良吉心中泛起的是如同祈祷般的心情。

三

　　十月下旬，加贺美二等书记官夫妇，以及立花一等书记官夫妇一道被邀请至加拉罕氏的宅邸享用晚餐。加贺美二等书记官处曾收到过不少日本的珍稀食品，当时，正逢法国的杜林作为驻俄一等书记官赴任，他便邀请杜林夫妇以及加拉罕夫妇一同享用这些日本美食。这次的邀请便是当时的回礼。

　　晚餐结束后，达子似乎累透了，瘫坐在自家客厅的椅子上。从隔壁房间正在更衣的丈夫——加贺美二等书记官处传来了哈欠声。

　　"喂，我忘记了。今天有封给你的信，是东京的高冈叔叔寄来的。我从大使馆出来的时候收到的，放在外套的口袋里，一同落在加拉罕那儿了。"

　　"高冈叔叔寄来的？我会看的。不过明天再说吧。"

　　"信封看起来很薄。不过少见的是，收件人的名字是用标准的俄语写的，应该是让哪个年轻人帮忙写的吧。”

达子本是怔怔地看着眼前刻着菊花纹章的椅子，听到丈夫若无其事的一句话，她的身体一瞬间僵住了。但她不动声色地保持着沉默。

丈夫觉得达子似乎对这个话题没有丝毫兴趣，因此再次"喂"了一声。

"干吗？"

"这可是从故乡寄来的信件啊，你别这么冷漠嘛。不过说来，高冈叔叔好像跟一群横冲直撞的年轻家伙凑在一起，打着什么无产的名号，这以后不会闹出乱子来吧？"

"我不是经常跟你说嘛，我不信任这个叔叔。"

"你可不只是不信任他而已吧，不过，我也安心了。要是你相信那种东西，变成红色①的话，反而有些麻烦。"

达子敲响了客厅里的铃铛，接着呼喊妮娜道："妮娜，小彦呢？"

"睡得很香。"

"你去趟前房②吧，把老爷外套口袋里的信带过来。是一封日本寄来的信。"

妮娜带来了两封信。达子拿起了寄给自己的信，光看到收件人一栏的笔迹，她就有了预感。还有一封是寄给丈夫的，寄件人是自己的父亲嘉门。她立刻用这一封信掩盖了自己情绪的强烈波动。

---

① 指加入到无产阶级的阵营中去。
② 前房：庭院最前面的房屋。

"哎呀，寄给你的信，你已经拿到了啊？"

"嗯。对了，这是你的岳父寄给你的信，说了不少事情。刚想给你看看的。"

丈夫换完衣服走进客厅，发现妻子没有拆开高冈的信封，而是阅读着嘉门寄来的信。他在心中感慨道，原来如此，娘家寄来的信的确令人在意。

看样子，妻子来来回回看了好几遍。这之后，他看到妻子正在换衣服，发现妻子就连换衣服的途中都在埋头阅读那封信，而高冈寄来的信似乎依旧没有拆封。

直到丈夫进了卧室，达子才拆开了高冈寄来的信。这毫无疑问就是良吉的笔迹。

达子的大脑急速转动起来。

这是因为她试图在最短的时间内记下信里的内容。当她能彻底背诵这封不长的信的内容时，她就将信封撕成小碎片扔掉了，只将信封和嘉门寄来的信摆在一起，放在了桌子上。她先去了妮娜的房间一趟，看了一眼今年三岁的芳彦的睡脸。

这是她经常会做的事情。但妮娜却察觉到了其中有所不同。达子突然抱起了熟睡的芳彦，接着不知道蹭了几次芳彦的脸，直到孩子"哇哇"地大哭了起来。妮娜接过哭泣的孩子后，念着一种达子听不懂的似乎是用俄语念的咒语，安抚着芳彦入睡。达子就在一边安静地看着。

达子查了火车的时刻表。

她拜托与自己交好的比利时大使馆的书记官夫人，跟对方约好在那天借用比利时大使馆的汽车。无论如何，在良吉到达莫斯科站之前，达子想要与他见一面。

不料，这一计划实施时，其中含有的意义远比她预想当中的更为重大。到了十一月十二日，加贺美书记官下班回家后，带来了这么一个出乎意料的消息。

"喂，你知道比良口香糖吧？"

"嗯，是那个制造糖果的吧？"

"对，现在来了一封电报，说那个比良的本铺的少爷，乘坐穿越西伯利亚的列车去德国，火车十一月十八日到莫斯科。我们要在莫斯科拦下他，说服他然后马上送他回日本。"

"呀，是什么原因啊？"

"他是个日本人，所以找起来应该不麻烦——总之，说到这个原因啊，是比良家发生了杀人案件。虽然今天电报上没提到底是谁被杀了，不过似乎杀人的犯罪嫌疑人就是这个叫比良良吉的人。"

第二天，丈夫回家时带来了更为详细的消息。

被害者居然是达子的叔父高冈律师。以及良吉身上有可能携带了手枪，如果良吉身上没有的话，那手枪可能就是被苏联的海关扣押了。电报上记载着这些事情。

"总之，日本方面指名请求大使馆帮忙。本来是命令我去控制他的，但由于高冈相当于我的叔叔，所以我没法参加这次行动。最后变成了立花一等书记官主持，田崎陆军武官辅助，他们两个人一起负责执行此事。"

达子想，唯有在关于高冈的死亡这件事情上，自己似乎必须说点什么才行。

与此同时，她觉得某些消息或许在之后会派上用场，因此向丈夫刨根问底地询问了有关良吉的消息。丈夫以为达子对良吉感兴趣是因为他是杀害自己叔叔的犯人，丈夫对良吉的事情几乎是一无所知。

在十八日到来之前，达子下定了某个决心。

根据她事先调查好的消息，由于下起了暴风雪，火车抵达莫斯科的时间会延迟一天，改为十九日上午十一点左右到达。达子想，改到上午真是太好了。

当天早上虽然寒冷，但是个晴天，达子有些欢喜。她乘上了由比利时大使馆驶来的汽车，跟妮娜说，自己今天将会和比利时大使的夫人一起出去购物，接着便乘车离开了。

被人告知这站的下一站就是莫斯科后，良吉收拾好了行李，想趁机欣赏一下首都附近车站周边的风景，因此向列车工作人员询问了停车时间。正在这时，他的背后响起了一声呼唤。

"比良先生。"

这是用日语说的。

良吉一脸惊愕地回过头，看到达子脸色苍白地站在他身后，仿佛等了很久。

良吉的脸一下子没有了血色。

紧接着，他涨红了脸。长达四年盘旋在心中的疑问、哀怨、愤怒一齐涌上脸庞，凝缩成百味杂陈的表情。

搜查的进度

一

森田警部谈到这两起杀人案与比良口香糖有关，相关谈话被刊登上了新闻；在比良宅邸中意外发现了无产党律师高冈的尸体，也被新闻大肆报道。因此，一时间比良良三以及比良制果公司名声扫地。

小山田博士和森田警部也为如此立竿见影的效果而大吃一惊。事情的后果并不只是比良制果声名狼藉这么简单。因为这个原因，比良良三先生的宅邸，几乎每天都有威胁信寄来，甚至还有一些无赖执着地要求与他见面。最终，比良良三先生只得请求森田警部加强自己身边的守卫。警视厅也十分同情比良良三，于是满足了他的要求。

面对这一严重的事态，比良制果公司也不得不采取一些手段来恢复自己公司的信用了。由于他们不能再被动地等待案件解决，因此良三召集制果公司的干部，开展了会议。

要是按照原来的作风，雷厉风行的比良应该会在尸体发现的第二天就召开这样的会议，但他这次却反常地拖延了时日。这是有原因的。拖缓了比良行动的原因便是他心中的担忧：案件的犯人说不定就是自己的长男比良良吉。在口香糖杀人案上，他觉得是森田警部或是其他搜查团成员的判断有误，但至少高冈律师被害案的犯人说不定就是良吉。

他的理由也很充分。去年发生罢工运动的时候，高冈作为罢工团队的代表，近乎威胁般地逼迫比良让步。

"一言不发地把事情给办了，很像良吉的作风。"

良三喃喃道。

这么说来，良吉真的已经转变了思想，如今反而在向革命反对者的立场发展吗？想到这里，他又觉得不能立即这么断言。说不定，良吉不但没有转变思想，还依旧与阶级斗争有着千丝万缕的关系。在这件事情上，他有证据。在案发当天，正好是在警方推测的杀人时间段的前后，就是为了这一证据，他还专门去了一趟竹村的房间。那么，良吉是因为过于深入阶级斗争，与高冈有了意见冲突，对其施加了所谓的"私刑"吗？

总而言之，向森田警部隐瞒某件事情，让他觉得有些抬不起头来，但森田警部也有责任，不如索性让警视厅的人一同出席这场会议吧。想到这里，他试着与警方沟通了一下。不料，除了小山田博士和森田警部外，志贺博士和厨川学士也会出席。而叫森田警部参加会议的这一举措也彰显了比良的才能。在会议上，森田警部坦述，由于自己的责任造成了比良现在的处境，他也觉得十分愧疚，但诚如他之前所言，在案件得以解决之前，他绝不能撤回自己在那篇报道上的发言。

"只是，森田先生，我作为公司一方的人员，实在无法相信口香糖中会混入大量的番木鳖碱。当然，关于高冈律师的那起案件，不幸在我家发现了他的尸体，这是确定的事实，我也赞同您仔细调查这起案件，这是非常有必要的。但是关于口香糖中混入番木鳖碱这一案件，能否请您再仔细考虑一下呢？"

比良无可奈何地向他恳求道。这时，日野理学士从座位上站了起来，提出了以下这个方案。

"我们只是外行人，向您提出方案显得有些不自量力。但事实上我们调查了库存，发现之前七八月供货给东京的产品，应该正好是在去年年末发生罢工运动时制造的。那时候罢工运动的形势已经好转了，但由于高冈律师的介入又再度恶化。或许不只是罢工运动，在当时险恶的就业纷争中，为了陷公司于不利，有家伙往产品里混入了番木鳖碱也说不定。又或者说，有谁趁机受了竞争对手的贿赂，在那一个月左右的时间里对产品动了一些手脚也说不定。因此，我们只要销毁库存中的那一段时间内生产的有嫌疑的产品，并将消息宣传出去，又或者是拜托森田先生在新闻上发表访谈，声明这些产品已经被公司销毁处理了，所以比良口香糖已经没有危险了。这样可以吗？"

"原来如此。你说的也有道理。事实上，警方也注意到了这一点，正在逐一调查当时被解雇的工人，以及那段时间的竞争公司——森永太妃糖和明治制果——的新入职人员。几天内应该能知道个大概。"森田警部说道。

不料，对于这一想法，坂本药学士却坚决反对。坂本药学士和日野理学士由于比良的次女政子而关系恶劣。比良先生和滨崎药学士，以及小山田博士和森田警部都对此有所耳闻。

坂本药学士一改往昔沉稳的态度，这一天他的态度异常激愤。

"我虽然是日野先生的后辈，但我对今天日野先生的发言有异议。如果处理了库存的话，那么就相当于我们公司至少承认了口香糖中有含有致死量的番木鳖碱的可能性。但我们都坚信这一点绝无可能发生。众所周知，比良口香糖中，含有极少量的健胃的药剂，而这一健胃药剂为番木鳖碱的衍生物 ①。因此，在调和的分量这一点上，我们小心小心再小心，为此设立了两三道检验程序，这样反而不用担心会被混入致死量的番木鳖碱。"

"你要这么说的话，坂本君，要是职工中有一个心怀恶意的家伙，将硝酸番木鳖碱结晶包在了口香糖里，那又怎么办？"

"结晶——是吗，虽然我只考虑了混入的情况，没想过会被包进去。但是，如果是这样，检验时只需要把口香糖切开来一看不就马上清楚了吗？"

"但是，一盒里只要有一颗口香糖有毒，就足以夺人性命。因此，不把一盒里的所有口香糖切开来看的话，是没法证明的不是吗？"

由于日野理学士和坂本药学士两人开始争论，滨崎药学士打圆场道："你们这么讨论下去也没有一个结果，现在的问题是，我们该采取什么手段才能打消民众的疑虑。为此，我想，哪怕只是在报纸上发一个声明，都是有效果的。"

说完，滨崎药学士看向了比良。

之前就一言不发地听着争论的比良开口道："原来如此。日野君和坂本君说的都有一定道理。销毁库存就相当于承认有问

---

① 即结构类似物，简称"类似物"，是指一种结构与另一种化合物相似的化合物。

题，但什么都不干的话反而会使事态恶化。比起只发一个声明，要是能更积极地展示公司的自信就好了。"

志贺博士像是开玩笑似的说道："不如发个广告，如果在这之后有人因为比良口香糖丧命，又或是陷入重症的话，比良制果公司愿意给予一万日元的补偿金，如何？"连他自己都愿意以身试毒来拿这一万日元，因此绝对能促进产品的销量。在这一问题上，由于森田警部不能撤回自己的发言，在场的人一直都没能想出一个万全之策。

不料，态度激愤的坂本药学士开口了。

"既然这样，日野先生提议销毁处理的那些库存，就由我来试吃看看吧，由日野先生来决定我的服用量。在此之前深受民众欢迎的比良制果，今后也值得他们信任，可以安心食用，就由我来证明这一点吧。"

最终，坂本药学士的这个提议被采纳了，试吃的结果将以森田警部访谈的形式，刊登在新闻上。滨崎药学士以及比良也说道，如果是试吃的话，他们也可以试试。但日野理学士却表示，既然要试吃了，那就要做好损伤胃部的心理准备，更准确地说，为了证明即使稍微多吃一些比良口香糖，也不会对胃造成损害，就要将二十盒大罐装的口香糖在一天内吃完。比良先生和滨崎先生笑着说，要吃这么多的话他们可受不了，那就先让坂本君上吧，他们负责出检验费。

这次试吃却引发了意想不到的悲剧，反而使得比良制果公司走上末路，最终，公司不得不停止贩卖口香糖。

坂本药学士拿着日野理学士选出的二十大盒的口香糖，前往了比良宅邸。作为给受试者的优待，他在比良宅邸内的房间里度过了一个晚上，但第二天被发现时，他已经成了一具尸体。

二

死因不出所料，是番木鳖碱中毒。

推辞了晚餐回到寝室的坂本药学士，似乎是边喝着茶边试吃，试吃到第七罐左右，还有十三罐没有拆封。

这十三罐被原样查收，由小山田和志贺两位博士进行了分析。但分析结果是，没有任何一颗口香糖中含有番木鳖碱。

两人对坂本药学士进行了尸检，检测了他的胃部内容物后发现，其中明确含有番木鳖碱，但剩下的空罐里没有检测出任何有毒的颗粒。虽然无法判断他的死亡是意外还是有人蓄谋，但有毒的颗粒只可能是混在了他试吃的七盒口香糖中。

"日野君的假设是对的。这么说来，我们只能按照日野君说的，要么将库存处理掉，要么暂停贩卖了。"

比良丧失了所有的力气。

与此同时，他对日野理学士的信赖也增加了不少。

"我只是基于合理的猜测，做出了之前的假设，但实在是对不起坂本君了。但是，老师，您不需要郁郁寡欢。如果我的推理没有出错的话，那么我们没有必要停止贩卖。只是，我们得将我推定有问题的库存产品处理掉，或者将那些库存全部交由警视厅方面分析。"

日野这么安慰比良道。

似乎小山田博士和森田警部也对日野的这一推理极为佩服，因而他们将这些库存产品立刻搬运到了警视厅进行封存，准备分组对其进行分析。虽然日野说没有必要停止贩卖，但森田警部却说，直到案件水落石出为止，停止贩卖反而是上策。

因为这起案件，比良变得萎靡不振。

第二天，他私下邀请森田警部见面，说道："迄今为止我都隐瞒着这件事，但事已至此，我只希望案件能尽早水落石出。"

紧接着，他阐述了自己在警方推测的高冈律师遇害的时间前后，前往位于庭院的竹村房间的理由。

"您只要问问竹村就知道了，那天下午三点左右，竹村来找我，说他在庭院的小仓库附近发现了一个奇怪的东西，要我过去看看。一去才知道，一个跟装橘子的箱子差不多大的木箱里，确确实实地装着炸弹。我们两个被吓了一跳，把它搬到了竹村的房间里，瞒着其他人检查炸弹。但竹村和我都觉得这应该和良吉有关，所以直接把它扔进了庭院的水池里，准备先把良吉送往德国，我们两个再悄悄地把它处理掉。"

"你说炸弹？那么，它现在还在水池里咯？"

"应该在的。还请您尽快调查。"

森田警部秘密地将箱子从水池里捞了上来。果不其然，是七枚炸弹，箱子外面有墨水书写的"小心轻放"。

案件的发展错综复杂，但当发现炸弹后，森田警部终于寻求特高科冈田警部的帮助，展开了深层次的搜查。

　　这一案件渐渐披上了左翼的色彩。与此同时，比良良吉的嫌疑也越来越重。

　　"关于坂本的死，请您给莫斯科大使馆发去电报，让良吉也知道这件事吧。哪怕他利用这一机会犯了罪，逃到国外去了，当得知自己伤害了一条无辜的生命，他是不会坐视不理的。毕竟他有那么一种正义感，就算他清楚自己的处境会十分艰难，也会牺牲自己回来的。毕竟是我的孩子，我多少还是相信他的。"比良有气无力地拜托森田警部。

　　"如果他是杀人凶手的话，一定有他自己的理由。他不会做那些令自己的正义感蒙羞的事情。"比良说到这里，在森田警部面前，大滴大滴地流下了泪水。

　　到昨天为止，还是傲睨实业界和资本界、无比风光的比良良三，现在却放弃了一切利益，一心只为自己的孩子考虑着。

　　这时，祖母红着眼进来了。

　　"良三啊，良吉他没有罪。从监狱里出来后，良吉和我睡在一间屋子里，跟我说了很多很多思想方面的话题。我相信良吉是真的转变了思想。而且他一旦下定决心转变思想，就不会做那些欺骗自己的事情。"

　　"母亲，您说的这些只是您的自说自话，这是不行的。就算我们发了电报他也没有回来，这不就是最好的证明吗？"

　　"在该回来的时候，良吉一定会回来的。我们不该随意怀疑他，应该怀着一颗信赖他的心迎接他。我想这才是最重要的。"

听了年迈的母亲的这番话，良三第一次低下头。

他反省道，迄今为止，自己是否怀着信赖自己的孩子良吉的心情迎接过他，哪怕只有一次也好？

——接着他反省道，自己要是能这样地爱着唯一的儿子的话，他应该会轻松不少吧。祖母的爱是一种盲目的爱。因此，他一直看不起这份爱，甚至还曾想过矫正它。但到了现在他才意识到，或许盲目的爱将会笔直地指向理解的爱，成为其强大的原动力。

祖母如同鼓励自己的孩子一般，随后又鼓励了政子。

"我们对不起坂本先生。他啊，我想，应该是被人杀害的。"

"被杀的？"

"是的。但我也不知道凶手是谁。等良吉回来了，只要大家相信良吉，他会解决的。警察是不会懂的。"

"祖母，您自说自话地摆出这些道理，会让其他人为难的。"

"不，我说的是，只要良吉不在了，比良家的厄运就接踵而至。要是良吉在，坂本先生等人根本不会被杀。"

尽管政子觉得祖母所言根本没有道理，只是老人的自说自话罢了，但是，在比良家人心惶惶的时候，祖母不向困难低头的身影，或多或少地令她有了一种被安慰的感觉。

坂本药学士去世的第三天，案件又有了进展。刑警们一一调查了高冈律师的朋友以及被比良制果公司解雇的职工，一个叫平田祐甫的男人出现在了视野中。

这个男人是去年年末比良制果发生罢工运动时被解雇的一人，曾在比良公司担任职工长。尽管现在没有工作，却能勉强糊口。他没有工作这一点十分可疑，此外，他与高冈律师保持着亲密的交往关系，这一点也吸引了刑警们的注意力。

前往调查的是两位刑警，当他们说到想调查有关高冈先生的事情时，这个男人应着"稍等一会儿"进了屋，接着想从后门逃跑。这时，其中一位刑警抓住了他。与此同时，刑警目光敏锐地注意到，这个男人在试图逃跑的同时，还让一个十四五岁的小姑娘拿着一个包裹帮他出去办事。以防万一，刑警们也搜查了这个小姑娘。果不其然，从包裹里发现了手枪。

两位刑警立刻请求支援，对这间不甚宽敞的屋子展开搜查。很快，他们找到了大约四五十发手枪子弹。调查手枪和子弹后发现，这是点三八口径的，登记序号为伦敦的三九六七号手枪。杀害高冈律师的正是这把左轮手枪。

追究平田祐甫的不在场证明后发现，十一月三日他在自己家里，他在这一日期前后的行动也几乎被调查得一清二楚。那么，他到底是从哪里拿到这把手枪的？对于这一问题，平田是这么回答的。

"你是从几号开始持有这把手枪的？"

"从十一月四号晚上开始。"

"那是从谁那里拿到的呢？"

"其实，是从高冈老爷那儿拿到的。"

"什么？高冈？是高冈律师吧。你是怎么拿到的？讲讲当时的情况。"

"好的。四号傍晚，天已经黑了的时候，有一个从高冈老爷那儿来的用人。他拿着印有'高冈日出夫'的名片，说有东西想麻烦我保管，希望我去一趟他家。让用人回去后，我立刻就出门，到了高冈家附近。因为名片上写了宅邸转角的街道处——这时候，阴影中突然伸出了一只手。我把名片交给他后，他给了我一个包裹。那就是这把手枪。"

"喂，别开玩笑了。高冈律师在十一月三号就被人杀了，你看报纸就知道了吧。已经被杀的人，怎么可能出现在街上？"

"不，您要这么说的话我也为难了。当时天暗得很，不怎么看得清周围，而且，他戴着眼镜，用围巾和外套遮住了脸，还戴着口罩，但怎么看都像是高冈老爷。"

这个男人给了这么一个不得要领的回答。接着，他似乎觉得哪里不对劲儿："我听说高冈先生的尸体被发现的时候是六号吧。那么他被害的时间可能不是三号，而是四号或者五号吧？"

"手枪这东西是禁止持有的，这种事情你总知道吧？而且还附有五十发子弹，托你保管的时候就不觉得害怕吗？"

"害怕。但高冈老爷经常拜托我干各种各样的事情。"

仔细调查后发现，高冈律师利用这个男人帮他干了不少事情。比如诉讼案件、搜集证据，以及看准了他有过罢工运动的经验，利用这点让他去各个公司挑唆工人罢工等。因此，虽然钱总是不够花，但这个男人的生活费，大部分都是高冈出的。

"听说你之前还在比良公司干过一阵子啊。看到报纸上高冈的死讯后，你为什么没有立刻站出来当参考人①？是因为被比良公司解雇后，怀有恨意吗?"

刑警们还问了许多类似的问题，但男人的回答一直不得要领。

小山田博士和志贺博士也旁观了这次审讯，但最后两人反复思考着唯一一个问题。良吉在三日杀害了高冈，带走了手枪，为了在四日将手枪送到平田手上，其中一定需要一个作为中介的人。

---

① 参考人：在犯罪侦查的过程中，接受侦查机关调查的、非嫌疑人的人。

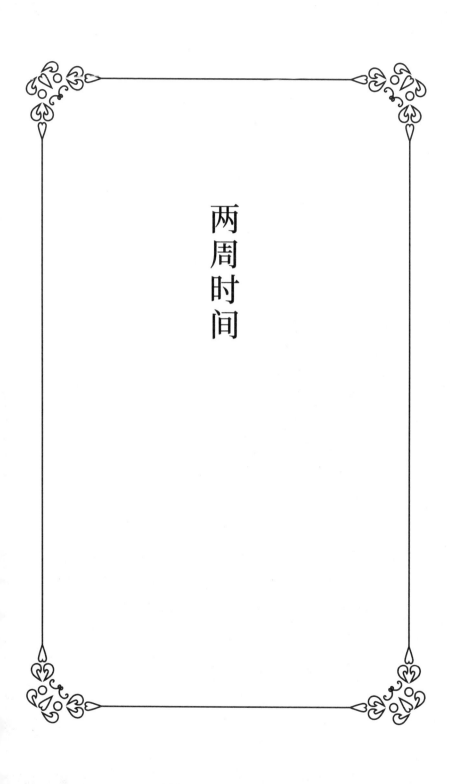

两周时间

一

"不知道上面有多少名乘客是日本人，总之，无论是谁，都让他们拿出护照来看看。"

"嗯，就这么办。只是他还能装成中国人骗过我们吧。"

"是吗？不过，他本人应该没想到大使馆会派人来抓他，这一点应该不用担心。不过，要是他这么做的话就麻烦了，就让他们说几句话听听看吧。"

在为了抓捕良吉而开往车站的汽车中，立花一等书记官和田崎陆军武官商量道。

"那这列火车什么时候离开莫斯科？"

"今天晚上。今天晚上十一点，火车应该会绕到白俄罗斯停车场，从那儿出发开往欧洲。"

"也就是说，没有规定的离开时间咯？只要待在火车上的话，就会被带去白俄罗斯停车场？"

以防万一，两人定下了方案，其中一人进入火车内部从头走到尾查一遍，另一个人守在出站口。接着，两人到达了停车场。

不知为何，田崎陆军武官说自己想到火车上面调查，于是进了火车。但整列火车内，没有任何一名乘客看起来像日本人。

"奇怪了。"

他喃喃道。他找了大概四十分钟，最后确定良吉不在后，走到了出站口。立花一等书记官和司机正出神地站在那儿。

"火车上一个日本人都没有。你这里怎么样？"

"嗯。虽然看到两个黄皮肤的人，但不是日本人也不是中国人，而是蒙古族的俄罗斯人。总之，我也觉得不是他。"

两人心中似乎涌起了一种安下心来的感觉。

"不过，火车里一个日本人都没有，也够稀奇的啊。"

"这段时间满洲那里不太平着呢，被那个叫马占山①的打得落花流水，所以从满洲出发的西伯利亚线列车不让任何日本游客乘坐。"

"不过我听说，这个叫比良的家伙是从符拉迪沃斯托克上车的。难道他在符拉迪沃斯托克被扣留了，日本方面不知道这个消息，这份差事才落到了我们头上？"

"也有这个可能。总之，下一班火车也有必要盯紧看看。"

立花一等书记官回到大使馆，跟加贺美二等书记官说完这个消息后，向日本外务省发电报报告了这一情况。

此时，当事人良吉正和达子一同坐在开往莫斯科的汽车上。

两人都沉默不语。

看到四年未见的良吉，达子不禁有些僵硬。并且，她还感觉到良吉似乎怀着一种无法原谅自己的心情。但当她说"汽车已经等着了，在你到达莫斯科之前，我有话想对你说"的时候，良吉什么都没问，跟着她下了火车。

两人并排上了汽车，行驶了一段时间后，两人都渐渐有了一

① 马占山（1885—1950），生于奉天怀德（今吉林省长春市公主岭市），字秀芳，抗日爱国将领、民族英雄。

种冲动，想向对方坦白自己的心迹。

"这辆汽车是比利时大使馆的，司机也是比利时人。所以，他一点都不懂日语。"

最后，达子这么说道。良吉只是点了点头，什么都没说。

"虽然我们大使馆也有两台汽车，但日本人的司机不方便，俄国人的司机只是装作不懂日语，但好像是听得懂日语的。"

说到这里，达子似乎想起了什么，说道："哎呀，我在干什么呀，这些话一点都不重要。虽然想在之后详细跟你说的，但我先跟你说了吧。"

这时，良吉第一次开口说话了。他的声音不是达子预想中充满力量的声音，而是仿佛充满了对她的祈求。

"达小姐，你看到我的信了吗？其实我本来应该去欧洲的，但无论如何我都想在苏联待上一阵子。你肯来接我，是因为你理解了我信中的意思吧？"

"是的，你的信我看过了。因此我过来的时候准备了两样东西。其中一样就是这个。"

说完，达子打开手提包，拿出一个小本子。她将小本子递给良吉后，以手帕掩面。

达子似乎有些慌张，低声说道："请你看看吧。反正这是必须向你坦白的事情。如果让你不愉快，你可以直接撕了它。"

良吉接过了这个本子。

它与良吉持有的一模一样。本子上，用金色的字印刷着"帝国护照"。良吉打开本子一看，上面印着一张照片，照片上是男人和女人，还有女人手里抱着的孩子。女人是达子，那么男人应该是达子的丈夫吧。啊，以及，两人已经有孩子了啊。照片的下一页有一个大大的正式的朱印。这是外交官的护照。

良吉理解了达子想表达的意思。只要良吉拿着这本护照，他就可以停留在苏联的任何地方。

"用这个和你的护照做交换吧。只是，你能在苏联停留吗？你不是要尽快赶到欧洲去吗？"

"尽快赶到欧洲去？"

"是的，因此，我觉得自己有必要来接你。"

"因此有必要来接我？"

良吉听不懂达子在说些什么。

所以，他忽然转头，想看看达子脸上的表情。此时，达子也正静静地看着良吉。两人互相注视着，似乎都想从对方眼睛中看出些什么。紧接着，达子的呼吸突然急促起来。她怔怔地盯着良吉，泪水吧嗒吧嗒地流了下来。

达子似乎想说些什么，嘴唇颤抖了一下。似乎是在刻意压低声音，她喃喃地说道："良先生，谢谢。我虽然做了会被你责怪的事情，但幸好你还愿意好好保重自己。"

"保重自己？"

"对的。你什么都不知道吗？日本方面向大使馆发了电报，说你在祖国的祖母生病了，要你在莫斯科折返。但这只是表面的借口，实际上，是希望逮捕身负杀人嫌疑的你。"

"杀人嫌疑？"

"你不知道这件事，这就是证明你无罪的最好证据了。在你离开东京的那天，高冈叔叔被人杀害了，警察在你家的庭院里发现了他的尸体。得知这件事以后，我想，比起看到你在莫斯科被他们逮捕，无论如何，我都想让你逃离这里。"

达子详细地讲述起来。

最初的时候，大使馆只要说服良吉，劝他回国就行了。但在后来的电报中，良吉的嫌疑越来越重，最后决定体面地逮捕他。恰逢陆军武官换任的时间，因此安排陆军武官护送他回东京。

"如果被杀害的是高冈叔叔，你有足够的动手杀害他的理由。况且我对高冈叔叔也心存些许恨意，所以我一度觉得你做的事也算是我在复仇……"

"啊？你说什么，我有足够的杀害他的理由？"

这次轮到良吉惊讶了。

达子闭上了眼。接着，她又睁开了眼。

汽车已经进入了莫斯科这座城市的内部，在飞溅着泥水的道路上疾驰。在这里，街道转弯处还残留着革命十五周年纪念的印着口号的红布条。广阔的庭院里，还有几户人家积着厚厚的雪。

"啊，能和你见面真是太好了。在这四年间，我们为什么一直会被碍事的迷雾包围呢。是我太傻了。"

"什么？太傻了？"

"但是，你也不是完全无辜的，良先生。所以请你原谅我吧。"

这次轮到良吉闭上眼睛了。接着他又睁开了眼，看着疾驰的车窗外莫斯科的街道。

这是良吉第一次看到这里的街道，觉得十分稀奇。两侧的人行道上，穿着鞋套的行人吧嗒吧嗒地踩着泥水。仿佛是东京近郊的街道，在雪融化的日子里的风景。

接近正午，太阳照在教堂蓝色与金色的圆顶上，反射着耀眼的光芒。多么漂亮的屋顶啊，良吉一瞬间看得出神。这时，汽车划过一条长长的曲线，开进了广场。

"良先生，您看，这就是红场。这里就是有列宁墓的地方。"

良吉看着站在列宁墓前的两三个卫兵，他们捧着尖端带刺刀的枪，刺刀随着他们的走动而闪耀。汽车穿过红场，最后从莫斯科大剧院的前方开过，很快就到了达子所说的都会区酒店。

二

"达小姐，你的俄语流畅了不少。"

"我可没看俄语书哦。只是我已经在这里住了一年多了。也就这两三天比你流利一点。"

"这两三天？"

"再过两三天，你就会比我更流利的。"

达子为良吉订了房间，让良吉去洗了个澡。接着，在都会区酒店的五楼，大型餐厅的角落里，两人面对面坐了下来。

达子说："大概你在西伯利亚的火车上没有吃过什么好吃的东西，总之，我们先吃一顿豪华大餐吧。"说着，她的脸上露出了惆怅的笑容。良吉本因为自己心中积压了一大堆想说的话，而对达子表现出来的令人意外的冷静感到有些惊讶，但当他无意间看到达子的眼睛时，他从中看出达子似乎已经下定了某种决心。

"良先生，你是什么时候离开监狱的？"

"嗯，我之后查了查，是你被派往莫斯科的两三个月之后。"

"你去坐牢实在是事出突然啊。那时候，我还恨过你，为什么不肯带我一起去呢。你和青年共产联盟有所关联，我也不是不知道。只是，因为你不愿意跟我透露分毫，所以我甚是失落。后来因为你已经不在了，我彻底变成了一个傻瓜。"

"但是，达子小姐，你不是一次都没有来监狱探望过我吗？"

良吉脱口而出。他突然回忆起了狱中的苦楚。

他想起了那个时候的事情，那时候他一直想着这件事：哪怕一次也好，无论如何他都想见到达子，然后还达子自由。

"你是说我吗？对的，在那个时候，我彻底变成了一个傻瓜。为了见你，我还去了市谷①。接着，在那个昏暗的房间里，我一边听着刑警们的嘲讽一边等待着。就在那时，有一个意想不到的女人跟我搭话，然后，我就没有了精神，就那样直接回家了。"

"意想不到的女人？达子小姐，你果然来探望过我吗？"

"我一点都不怕监狱。只是，那个女人让我彻底变成了一个傻瓜。"

"那个女人是谁？"

"日向斐子。"

---

① 市谷：东京都新宿区地名。

达子吐出了这句话。

"日向斐子？我离开监狱以后，才认识这个女人的。那时候，我甚至没见过这个女人……"

"我那时还是个孩子。那个女人说，她是你的女管家，你们还一起去过外地……"

"什么？日向还说过这么胡扯的话吗？然后你信她了？我不是说过好多次吗，我希望能成为这个世界上你最信任的人。你不是都好好答应我了吗？并且，直到现在，我都将你看作是这个世界上最值得信任的人。在监狱里度过的漫长的两年中，哪怕你一次都没来探望过我，尽管如此，我也最相信你。"

达子似乎一下子涨红了脸。接着，达子的眼睛熊熊燃烧起来。

她像是发起挑战一般，像是夺回自己的力量一般，开口道："良先生，你不能只责怪我。你到底为什么会突然遭到逮捕——以及，你在离开监狱之后，又为何跟日向斐子这些人有了接触？"

良吉沉默了。他直直地盯着眼前还没有动过的肋排。

对了——那时候，他和其他两三位同志一起遭到了逮捕。但却想不出究竟是为什么，自己是在哪里露出了马脚才遭到逮捕的。无论怎样冥思苦想，都找不出线索。从某个时期开始，他放弃了探寻这一问题。现在，达子突然提出这个问题，他自己都有些惊讶。

"你应该心里有数吧。你是被人告密了。"

"这我知道。为了找到这个告密者，我和同志们一起寻找了很久，但最后也没找到。总之，后来把关于联盟的一切都搞清楚了，却唯独不知道这个告密者是谁。"

"这个告密者借日向斐子之手，让我背叛了您，然后，设计将我送往了莫斯科。"

良吉没有惊慌。

当达子向他说"您应该心中有数吧"的时候，这个告密者的名字就立刻浮现在眼前了。

"但是那个男人为什么要对我做这些事情，有什么必要呢？我们曾那么坚定地相信对方。我代表联盟，而他代表大众无产党这个合法的政治团体。就在这两个团体即将要找到共同点的时候，其中一个人有什么理由要告发另一个人呢？"

"有的。"

"有的？"良吉感到困惑。

"是的。这个叫作长门的青年，虽然只是联盟的客座成员，但却想做一番连联盟的主宰者都做不到的大事。当那个男人得知长门就是比良家长男的那一瞬间，他就选择了背叛。当他察觉到长门就是比良的瞬间——"

"知道长门的真名是比良良吉后，他出于什么理由必须要背叛呢？"

"比良良吉俘获了他侄女的芳心。他同时还察觉到了这一点。"

"但是为什么比良不能俘获他侄女的芳心？无论是劳动者的孩子，还是教师的孩子，又或者是比良的孩子，都不会有任何影响吧？"

"不，有影响。这个叫比良的青年的祖父，曾在政治上利用过这个男人的父亲，告诉他说，可以将某个军事方面的未来计划泄露给他。这个男人的父亲就同意将自己作为政治家的力量借给青年的祖父。接着，这个男人的父亲将自己获得的这个计划卖给了叫作嘉门的实业家，并约好自己能拿到一大笔金钱，所有合同都秘密地签好了。叫作嘉门的实业家从四五个朋友那里借来了钱，在约定的时刻将钱交给男人的父亲。不料，这个未来计划却延了。据说，仅仅相差了三天。要是青年的祖父提前三天当上大臣的话，这三个人的合同便能如期履行，事情便能顺利发展了。只是，这个青年的祖父仕途折载，在这之后还出现了他自杀的传言。这个男人的父亲和叫作嘉门的实业家一时间掉进了谷底。因此，对青年的祖父来说，这个男人是夺走了自己生命的敌人。而对这个男人的父亲来说，青年的祖父才是夺走了自己政治生命的敌人。这一份恨意甚至传到了下一代，这个男人深深地恨着比良家。"

良吉第一次清楚地知道了自己被逮捕的来龙去脉。

原来如此。当他得知青年共产联盟的这个叫作长门的青年是比良的长男的那一瞬间，以及当他得知这个青年与同是比良仇敌的嘉门女儿结下了盟约的那一瞬间，出于世代的宿怨，高冈日出夫准备出手除去这个青年。而他用尽了一切手段，使得达子完全地背叛这个青年，也是这个原因。

"啊，我懂你为什么说我有足够的理由杀害高冈叔叔了。你抛下我嫁给了别人的理由我也懂了。"

"那么到底是谁杀了高冈叔叔？"

"我还不知道具体的消息。他到底为什么被杀，又是如何被杀的呢？"

于是，达子说了从电报上知道的消息。在交流中，达子渐渐意识到，高冈是被谁杀害的都无所谓，更重要的问题是，自己现在应该做些什么。

良吉也有同感，高冈是被谁杀的是在遥远的日本发生的事情。自己现在应该做些什么？

"我曾想，就算去了德国，对我来说，也只是无可奈何的选择罢了。我一直想着，无论如何先去莫斯科，无论如何先去莫斯科，这才辗转到了这里。我为什么这么执着于去莫斯科呢？我想，是因为我无论如何都想见到达小姐吧。"

达子的脸上似乎浮现出了笑容。

接着，她开口道："总之，先吃午饭吧。"

经过这番对话后，两人都舒畅了不少。接着两人一起开始用餐。

"你一定要尝尝伏特加。"

达子叫来了侍应生，让他在餐后上伏特加和鱼子料理。

"在俄罗斯，酒是在饭后喝的吗？"

"对的。但今天喝醉了就麻烦了，这之后还有很多重要的事情等着呢。"

达子所谓的"这之后的重要的事情"便是指良吉的住宿问题。以良吉的护照是没有办法直接获得签证的。话虽如此，但也不能用加贺美的护照在这家都市区酒店开一间房。现在还不急。

没事的，这之后总会有办法的——达子这么安慰自己。

三

一周过去了。

良吉辗转了两三个酒店，才在某个外国技师任期结束回国后空出的房间里住了下来。一九三二年，正值莫斯科住房难问题最为严重的时期，仅仅在一周内就找到了能充当住宅的房间，不得不说他的运气很好。

每天上午，送别自己的丈夫后，达子就会来到良吉的房间。刚开始的时候，他们的时间都用在了回忆往昔和谈论日本上。

"这之后，你准备怎么办？"

"嗯，我想想。我还没向日本寄过一封信。似乎还有许多要思考、要决定的事情，但这些事情到底是什么，我还不知道。"

"达子到底该怎么办呢？"

"这种事情，我也不知道。"

两人每天进行着这类对话。

每当到了达子无法陪伴的傍晚及深夜之时，良吉就会彷徨在莫斯科的各个场所。有时，他会眺望被雨打湿的克里姆林宫。有时，他会眺望夕阳照耀下的克里姆林宫。

当他走在列宁研究所的广场上时，他回想起自己曾经做梦都想来这里。但良吉的心，离"满足"一词还很遥远。在良吉心里，无论苏联如何，都没有任何意义。能触动他心灵的只能是祖国悲惨且令人愤怒的现状。

某天傍晚，他和一群劳动者站在《消息报》报社门前，浏览着报纸上的新闻。但是报纸上却没有任何文字提及那个被他抛弃的祖国。在回家的小路旁，有着在全面通电的莫斯科城中很少见的煤气街灯。良吉在这里发现了自己曾经在小说中读到的莫斯科，反而觉得有些亲近。

在革命纪念日前后，冬天来了，这之后暖洋洋的日子仿佛是冬天离开了一般，但天气很快又冷了下去。虽说是暖洋洋的冬天，但俄罗斯的冬天比日本的冬天要冷得多。而现在是莫斯科人民都说着"冬天真的来了"的日子，良吉切身体会到了这份寒冷。

"你呀，快去买个叫修巴 ① 的里面有皮毛的外套吧，不然说不定要撑不过这个冬天呢。"

在这里待了一阵子以后，良吉发现这个国家的货币制度非常难理解。最开始，达子会带给他一些卢布的纸币，但渐渐地，她说："要是从我这儿拿钱给你，之后说不定会惹出麻烦来。你最好用外币结账。"

她向良吉介绍了一家叫多鲁谷西恩的店，店里只接受外币结账。良吉为了买修巴，去了莫斯科的两家多鲁谷西恩，但都没有货。店员说，再等一阵子应该会有吧，因此他没买成。某一天，突然下起了大雪。

---

① 即шубой，修巴为译者的音译，指一种长袖的皮草外套。

从早上开始就下起了粉末状的雪，还难得地刮起了风。良吉从早上开始就坐在壁炉前，窝在房间里。中午的时候，达子过来了。

两人将椅子摆在壁炉面前，并排坐了下来。

良吉时隔许久又感受到了身边达子的气息，沉默不语。两人就这么静静地坐着，大概过了一个多小时。突然，达子开口道："良先生，你到莫斯科已经快有十天了吧？已经快到我预计的期限了。"

"期限？"

"是的，我已经无可救药了。我下定决心了，一切都随你，我什么事情都愿意做。"

良吉点了点头。

他来到莫斯科，见到达子后，一时间，像是丧失了全身的力气一般。这是由于他产生了将一切都交付给达子的念头。但是渐渐地，良吉又取回了自己的主动权。于是，现在轮到达子丧失自己的主见了。

"达子小姐。我啊，想了又想，最后还是想要拥有你。是的。如果我在日本，大概是绝不会有这种想法的。所幸我来到了苏联。只要我下定决心一辈子不回日本，就能带着你逃到一个大使馆管不到的地方。"

良吉似乎很冷静地说道。达子也仿佛事不关己一般，只是点着头听着。

"苏联会接受我们吗？"

"应该会的。我在日本的阶级运动的履历，说不定会有所帮助吧。总之，只要我们在苏联境内失踪，并且下定决心一辈子不出苏联，两人就能一起活下去。"

达子茫然地听着。

两人又沉默了十五分钟左右。达子突然颤抖着看向良吉："这不行。我没关系，对我来说，如果真的能这样，那该有多么幸福啊。但是，你不行。日本今后一定会有用得到你的地方。正是为了这个，你才忍受了两年牢狱之灾，不是吗?"

"嗯，虽然如此，但是，我们没必要依靠这种东西。早已在如梦般的过去，与之告别了。早在遇到达子小姐之前，出于另一个原因，我也曾想过在这里待上一阵子。但在和达子小姐相处的这段时光里，我开始想要拥有你了。"

"要是你想要的话，达子也愿意把自己奉献给你。或许，我们两人出来就是为了意外在这里重逢，并且发展到这一步吧。"

最后，良吉感到似乎有什么温暖的东西滴落在自己的右手上。那是人类的眼泪。原来人的眼泪要比壁炉更暖和，他想道。

他没有挪动右手，就放任右手被泪水淋湿。温暖的泪珠不停地落在良吉手掌上。

"我今天不回去了。我今晚要住在这里。"

良吉听到好不容易止住了眼泪的达子这么开口说道。

尽管如此，第二天早上天色微亮的时候，达子感受着雪停了以后莫斯科的空气中带着的几分温暖，步行回了家。

普希金像被大雪掩埋。对于这时的达子来说，这幅景象简直令她抬不起头来。

回到家的时候，妮娜替她打开了家门。妮娜说，加贺美书记官还没睡，难得地抱着芳彦坐在客厅的沙发上。回到家后，达子仿佛安下心来一般，沉默不语地进了客厅，看了一眼芳彦。似乎是不愿意让芳彦碰到脏东西一般，她直接去了更衣室，最后一句话都没跟丈夫说，径直进了卧室。

加贺美书记官想道，莫非自己的妻子疯了？

但达子只是保持着沉默，依旧会做家务，所以他也就沉默着随她去了。

良吉来到莫斯科的第二周，就在良吉下定决心准备抹杀自己日本人的身份，在苏联境内失踪的第四天，达子突然自杀了。

她是下定了决心自杀的，这一点通过遗书可以看出。这一份遗书不是写给丈夫的，也不是写给任何人的。

"是自杀。大概是心灵和身体被消磨殆尽了吧。"

遗书上只写了这么一句话。有意思的是，这封遗书被夹在了《圣经》的某一页中。这一页中还有一句被红笔标上了下划线的句子："为邻人而死即为善。"

此外，当天早上，她还托付给妮娜一封信。但是妮娜忘记寄出了，直到达子死后，妮娜才小心翼翼地寄了出去。这封信的收件人是良吉，上面写有良吉的住址。

"请你回日本吧。你必须在日本工作。请你不要辜负达子的死。此外，请你切记，千万不要成为人生的愚者。要是达子在的话，你就会变成人生的愚者。"

信里只写了这几句话。

这两封信中都没有爱情的表白。这对加贺美书记官和良吉来说都是一件好事。良吉的住址很快就暴露了，他只得选择回国。与此同时，加贺美书记官也清楚地知道了他与达子之间的关系。田崎陆军武官做了和事佬，没有告知大使这件事情的细节，只报告说是因为国外的生活而身心俱疲，才导致了这一不幸的结局。

在良吉住址暴露的第二天，从比良家传来了坂本药学士的死讯，再次催促良吉回国。听到这一消息，良吉突然表示愿意回国了。按照大使馆提前安排好的回国路程，由田崎陆军武官护送，良吉再次横穿西伯利亚，朝着日本出发了。

当蒸汽船到达敦贺港的时候，有两位来自东京的刑警，接过了看守良吉的任务。看样子已经安下心来的良吉终于理解了他与田崎陆军武官分别时，武官说的那句话的意思。

"良吉君，我们就此告别吧。不知道什么时候还能再与你见面，所以这些话我趁现在跟你说吧。我的父亲曾是故去的比良中将的部下。因此，在护送你回去的过程中，如果你有什么要求，我可以跟刑警们提前打好招呼。"

"谢谢。请您跟他们说，唯有这封信，我想随身携带。"

说着，良吉拿出了达子寄给自己的信。

田崎武官答应了。但综合这位武官所说的话来看，武官应该相信良吉就是杀人凶手。

暗号曲谱

一

良吉刚踏上日本的土地，就被前来迎接的刑警们护送回了东京。

他也没奢望过能够回到自己家里，因此直接被收监时，他丝毫没有感到悲伤。

没有任何审讯或是别的流程，他先是在监狱里被关了两三天。接着，他突然被带到了不认识的人面前。一个上了年纪的矮胖男性身后，跟着一个瘦高的中年男人。良吉一眼就看出这两人不是警方的人。两人之间的关系犹如亲子一般亲近，年长的男性向他提问时，年轻的男性似乎也在等着他的回答。

他以为自己会被审讯，但却没有。年老的男性突然以质朴的语气开始了讲述。良吉从他口中第一次听到了口香糖杀人案，因而露出了惊讶的表情。

"高冈遇害的案件，我在莫斯科听说了。但是自家口香糖的案件，我之前从未听说过。"

"你不觉得比良家像是被诅咒了吗？你不觉得，从口香糖杀人案以来，不祥的事情接踵而至，似乎都集中在比良家啊。你杀害了高冈，或许就是为了断绝这些不祥的事情的源头，所有人都是这么猜想的。毕竟往口香糖里面下毒这件事，似乎也有可能是高冈指使当时的职工长平田干的。我并不打算隐瞒你这些事情。

我希望你能诚实地告诉我你是怎么杀了高冈的。"

"什么'怎么杀了',我对这件事一无所知。那时我极为信任高冈,丝毫没对他起过疑心。"

"那你为什么去了苏联,还失踪了一阵子呢?我这里可是接到报告说,你在苏联磨磨蹭蹭,一定是因为你想舍弃国籍在苏联失踪。"

"我知道了,是加贺美书记官吧。是的,那个人有足够的理由对我的行动保持敏感,是他提出意见的吧。"

无论将面对什么命运,良吉都已经做好了不屈服的准备。哪怕现在他成了杀害高冈的凶手,就此离开人世,他也不会因为这样的命运而感到悲伤。他已经眼睁睁地看着达子死去了。良吉已经心怀谛念①:所有能够忍耐的命运他都忍耐下来了,再没有比这更难忍耐的命运了。

在这之前,良吉一直清楚地知道,自己总是为那种性格所支配:只要自己是正确的,无论被周围人怎么看待都无所谓。这使得他沉浸在自我满足之中,没错,他一直抱着优越感,因此,他才成了人生的愚者。因此,他反而觉得自己比他人优秀,却陷入了另一种完全相反的命运之中。这不是辩解,而是当真相被遮掩的时候,他必须纠正这一点。这一热切的想法渐渐在良吉的心中发了芽。

身材矮小的那个是小山田博士,身材高挑的那个是志贺博士。由于眼前的良吉与他们在案件调查中所想象的良吉有一些不

---

① 谛念有两个意思,一是指看透真理而达到超脱的境界,二是指放弃的念头。

同，两人感到有些不可思议。从他父亲的描述想来，良吉应该是一个放荡不羁的孩子，但是见面以后才发现，这种印象与眼前的良吉有所出入。

对于两人的询问，良吉似乎没有任何撒谎的意思。只是对于其中的两三个问题，他会回答"不知道"。也没有像其他人一样，回答完"不知道"后，还附上一些模糊的猜测，因此给人以一种坚守沉默的印象。但在其他事情上，两人对良吉的印象没有丝毫改变。只是，当被问及十一月三日下午的不在场证明时，良吉明显知道答案，却始终有所保留。良吉说，那天下午他一直在家。但是当被问到他在家中哪里、有哪些人看到过他之类的问题时，他似乎露出了一副惊愕的表情，突然陷入了沉默。这之后，他也绝没有回答问题的打算。尽管如此，两人也已经得到了满意的结果，这一天对良吉的调查就此结束了。

从第二天开始，良吉似乎就预测到有人会来探望他。

由于小山田博士要求警方特别留意前来探望良吉的人，并将他们之间的对话全部记录下来，因此森田和冈田两位警部做了相应且万全的准备。第一个前来探望的是良吉的妹夫滨崎药学士。良吉向这个人询问了坂本药学士去世前后的情况。接下来前来探望的是日野理学士。良吉称赞了日野关于口香糖的推理。

"听说在你推理出的时间范围内生产的口香糖全部都被检验了一遍，怎么样，有检验出番木鳖碱吗？"

"警视厅还没有给我消息，但我觉得其中一定有。"

"给坂本的那二十罐，是你挑选的吗？"

"不是。我只是带坂本去了仓库，跟他说，'你从这部分的存货中挑二十罐吧'，让他自己挑选的。"

"是吗？那坂本是就近随便拿的吗？"

听到这个问题，日野理学士似乎有些惊讶，他想了一会儿，才回答道："不，我记得，他是挑了各个地方的，然后抽出来的。"

良吉露出了满意的表情，说道："那么，也就是说，你对你的推理有足够的自信吧。"

父亲良三先生前来探望了他。母亲安子夫人也来探望了他。

对这些血脉相连的亲人，良吉只说了一句话："我不是犯人。在这点上，请你们相信我。"

父亲和母亲都觉得，良吉会明确说出这一类话，或许是因为最近良吉的性格开始改变了。

良吉翘首以盼的、最为期待的，或许就是与女仆敏也的见面了。

"祖母生病的事，是假的吧？"

"在良吉少爷去欧洲的第二天，隐居大人就脑缺血发作，倒在了客房。"

"祖母的病情已经严重到不能回隐居所了吗？"

"五十川先生说，不要乱动会比较好。"

"十一月三号下午，敏也你一个人在隐居所的时候，母亲进来了对吧？那时，母亲看到了祖母躺下时床的后半部分隆起的被子，这是真的吗？"

良吉以俯视的姿态看向敏也。

"是的。"

敏也轻轻地应了一声。从良吉的表情看来，他由衷地想要拥抱敏也，但始终没有伸出手。

良吉沉默地看着敏也。

这一景象，清晰地落在了旁观者森田警部的眼里。敏也第一次露出了有些羞赧的表情——当森田警部看到这一幕时，他甚至觉得这个叫敏也的人深深地爱着良吉。这时，敏也突然毫不羞怯地、直直地仰视着良吉的脸。在接下来的一两分钟内，两个人一动不动地凝视着彼此。

终于，良吉突然开口，让敏也回去了。

"好了，好了，小心点回家吧。"

二

十二月，白天变短了，持续着阴沉的天气。

在案件相关人员都悲观地认为解决比良家的案件或许要等到明年的时候，十二月二十日，一个意想不到的人物出现了。

由于平田祐甫说自己是在高冈宅邸附近接过的手枪，冈田警部便随机应变地派了两位刑警一直盯守在高冈宅邸附近。高冈似乎与各方面都有来往，在盯守的过程中，他们抓到了两个经常恐吓前来采访的新闻记者的不良少年。之后让刑警们继续盯守着。

不料，二十日傍晚到夜里，有一位女性三四次在高冈宅邸附近徘徊，刑警暂时将她抓了起来。

这是一个二十四五岁的知性美女，随身带着某种乐器的曲谱。如果只是在同一个地方徘徊了三四次，那么这一行为毫无过错。但是哪怕被问到家在哪里这种简单的问题时，这位女性也不愿意回答，这才引起了刑警们的怀疑，因此暂时将她带到了警察署。

一到警察署，这位女性便老老实实地说出了自己的家庭住址，并回答了其他问题。但以防万一，森田警部还是给志贺博士打了个电话，志贺博士说自己想看看她带着的曲谱。

此时已经是下午六点左右了，十二月的这一时间，天已经黑透了，似乎要下起雪来，天色十分糟糕。但志贺博士为了看这张曲谱，仍旧打了一日元出租车①过来。

"你说她在高冈宅邸周围徘徊。那她本人认识高冈吗？"

"不，她说自己不认识什么叫高冈的人。总之，她是个美女。"

"美不美无所谓，她的名字叫什么？"

"日向斐子，今年二十五岁。"

"你跟冈田君确认过了吧，有没有什么红色的经历？"

"他说是这个名字的话，没有任何调查结果。"

志贺博士接过曲谱翻看。

封面已经脱落，到处都有缺页漏页。缺页的地方补上了新的谱纸，上面用铅笔描上了音符。其中有一张是不一样的谱纸，上

---

① 一日元出租车：1924 年日本出现的一种出租车模式。只要目的地是市内，去哪里都是一日元，因此被称为"一日元出租车"。

面标的似乎是小调，总之与其他的曲谱明显不同。

志贺博士看了一会儿，突然转头看向森田警部，问道："你看得懂曲谱吗？"

"曲谱这种东西我实在是看不来。老师您呢？"

"我也看不懂。署内有谁看得懂吗？"

"不知道了。啊——巡警里有一个擅长唱流行歌的家伙，那家伙说不定看得懂。"

"把他叫过来。快点。"

森田警部立刻去找那个巡警，把他叫了过来，但他也看不懂曲谱。

"老师，我弄不明白。要说《酒是眼泪》①，我倒是有信心唱得比留声机好听，但是西洋的东西我弄不明白。"

听到巡警的这番话，大家都笑了。

志贺博士想了一会儿，留下一句："曲谱就交给我保存一阵子，你继续调查这个女人，要是她和高冈有什么关系的话，就得小心了。"说完就急忙回家了。

森田警部产生的一个偶然的念头，在这天获得了极大的成功。也就是说，在志贺博士回家后，森田警部以防万一，请高冈夫人也过来了一趟，与这个女人见了一面。他没有因为手续的烦琐而放过这次的灵光一闪。

"夫人，您认识这位吗？"

听到这个问题，高冈夫人想了一会儿，才说道："我想起来

---

① 《酒是眼泪》，即《酒は涙か溜息か》（《酒是眼泪还是叹息》），1931 年 9 月由歌手藤山一郎演唱。

了。在两三年前，过世的高冈前往 K 女子大学演讲的时候，这位应该是代表当时的学生来我家道过谢。这之后，还来过我家两三次。对的，我记得她是叫日向小姐。"

送走高冈夫人后，森田警部兴奋地对刑警们说道："看来，只有高冈夫人跟这次的所有案件都没有关系。最开始旁观高冈律师解剖的时候，我就觉得只有这位夫人是清白的。"

志贺博士乘着汽车直接回到家。刚进玄关，他就大声喊道："喂，光子还没睡吗？喂！"

"哎呀，你回来啦。光子正要睡了呢，是有礼物吗？"

说着，志贺博士的夫人从客厅走了出来。九岁的女儿也跟着出来了。

"嗯，礼物我忘了。明天一定补上。我有事要拜托光子。"

"爸爸，怎么了？"

"嗯，你最近钢琴进步了吗？看着曲谱的话，能弹吗？"

"哎呀，爸爸也好奇怪呀。不是向来对钢琴的事情不闻不问嘛，还总是说它吵，今天是怎么了呀？"

"就是这个，看，就这一张，能弹弹看吗？"

光子坐在钢琴前，盯着曲谱费力地弹着。

"弹不了呢。这个，好像很难哦。"

"那这首呢？这首虽然长，你能弹弹铅笔画出来的地方吗？"

另一首好像是某种旋律。

"嗯，这首应该是音乐。这么说来，这是某位伟人的曲子吗？光子不知道吧？"

"不知道。这首虽然很难弹，但很好听。"

志贺博士合上了珍贵的曲谱，急忙说道："对了，问问光子的老师就知道了。老师住在哪里？"

"老师是麦克莱兰老师，她已经是一位六十岁的老婆婆了啊。"

"老婆婆也行，只是我不擅长跟外国人交流。但是，还是去吧。把光子一起带过去就能交流了吧？我现在就想出发。"

"不行吧。光子肯定会犯困的。"

"那你也一起来吧。总之这事很急。"

接着，志贺博士带着自己的妻女，开车前往了钢琴老师的住处。对于志贺博士而言，幸运的是，这位麦克莱兰女士还会说德语。

麦克莱兰女士试着弹奏了志贺博士带来的曲谱。只是，与光子弹的相同，只有一页篇幅的曲谱上的曲子不成旋律。麦克莱兰女士盯着曲谱看了一会儿，似乎是在猜测这是歌谱的可能性，最后说道："这个弹不了。"

她又试了试另一份较长的曲谱，弹奏了两三行后，说："啊，这是肖邦的《葬礼进行曲》。"

肖邦的《葬礼进行曲》。其中应该没有什么特殊意义。要说有特殊意义，应该是那张只有一页的曲谱。这位教音乐的老师想了很久，最后说出了一件不可思议的事情。之后想来，这一不可思议的启发或许是志贺博士在本次案件中最大的幸运了。

"要是这页曲谱没有任何意义的话，就很奇怪了。也有可能是有人随意在曲谱上绘制的，但绝不会有人画得这么跳脱。这让我想到了一件事，大概是我二十岁的时候，我哥哥的朋友也画了一张与之类似的曲谱让我弹。因为我怎么都弹不出来，那位朋友觉得十分有趣，便告诉我，他将话语转换成了暗号画在了曲谱上。我下意识就想到了这件事情。"

"您的这位哥哥的朋友，他是某位科学家吗？那只是个单纯的恶作剧吗？"

"不，那位朋友是个叫柯南·道尔的小说家。"

"什么？您居然认识柯南·道尔先生？"

"这么说来，光子小姐的爸爸也读过柯南·道尔吗？是的，那位先生在英国居住的时候，我跟他关系很好。"

志贺博士的眼睛亮了起来。

大概所有经历过侦探推理案件的人，或多或少地都读过柯南·道尔的小说。是否对搜查工作有所启发暂且不提，柯南·道尔小说中的故事仿佛发生在读者身边一般。在这个年末弥漫着浓雾的东京，几乎可以说是背下了柯南·道尔所有作品的志贺博士，遇到了一个自称与柯南·道尔关系很好的人，这仿佛是某种命运的安排。

"道尔先生曾经说过，他之后要将这种暗号形式运用在小说里。"

"但是，麦克莱兰女士，柯南·道尔的所有著作中，都没有出现过使用曲谱的暗号形式。就是说，最后他没有将这种暗号形式运用在小说里吗？"

"我后来也有过这个疑问。因此，我曾问过道尔先生。道尔先生当时应该是这么回答我的：'啊，那个设想流产了。暗号也有了，所有计划也想好了，只是还差一个动机。没有动机的小说，就不能叫小说了。'"

"谢谢您，麦克莱兰女士。这几天内，一定会有日本警视厅的人来向您登门道谢的。您给了我一个很重要的建议。"

说完这句话，志贺博士一家三口离开了麦克莱兰女士家。

回去的路上，光子在车上睡着了。志贺博士抱着光子，在车中观察着这张可疑的曲谱。这张曲谱的内容如下。

三

第二天早上，志贺博士接到了小山田博士的电话。

那是十二月的早上六点。志贺博士一边喃喃自语着"老人家起这么早可不行啊"，一边拿起了话筒。

小山田博士沙哑的声音响起："志贺君，我好像算错了一个很重要的点。"

"老师算错了一个很重要的点？"

"嗯。之前在解剖高冈尸体的时候，我不是根据手枪的射击角度对犯人的身高进行了推算吗？那时候我画的方眼纸应该在你那里吧。现在想来，我犯了一个很大的错误。所以，今天，我想再去现场调查一下。"

"是吗，您是怎么注意到有问题的呢？总之，我先和森田君商量一下，今天就去吧。其实，我这里也有一个大发现。昨天，应该是某个与高冈有关系的人，给他送去了一张暗号。"

当志贺博士到了大学，敲响小山田博士的房门时，森田警部已经在里面了。当志贺博士说到曲谱是暗号这件事时，森田警部也表示，自己昨天向高冈夫人确认了日向斐子的身份。

"看来，这一案件也开始指向某个方向了啊。暗号的事情之后再仔细调查吧，总之先去现场调查。"

根据小山田博士的要求，这一天，只有他们三人前往了现场。老旧的榻榻米依旧堆叠着，留在了比良家的小仓库里。小山田博士对照着自己之前绘制的方眼纸，开口道："昨天不是审讯了良吉吗？那之后我回到家，想起我曾根据手枪的射入角度对犯人的身高进行了推算。良吉的确很高。我记得调查显示他的身高是一米六八（五尺五寸五分）。死者的身高，已经写在这里了，是一米六九（五尺五寸九分）。良吉虽然高，但死者更高。根据推算，良吉必须比死者高几分才对。而且，跟良吉见面后，他给我的感觉也使我想再调查一下。"

小山田博士自己钻进了榻榻米的后方，博士的圆肚子也跟着一起进去了。之后他出来了，让森田警部代替自己站在那里。

接着，他带着志贺博士绕到小仓库的后面，仔细地寻找着木板上的结孔，最后说道："喂。从这个结孔里看过去的话，正好能看见右边的森田警部吧。这里只有两个结孔。"

原来如此，小仓库的木板墙壁上有两个结孔，正好能看到夹在木板墙壁与榻榻米的缝隙之间的森田警部。

"森田警部不行。你比他高，你去那里站着看看。"

志贺博士站好后，小山田博士再次仔细地看了一会儿结孔，说道："你从这里看看。如果从这个孔洞里射入，应该正好能以二十五度的角度击中颞骨乳突部。"

说着，他让森田警部确认。接着，他急忙用森田警部递过来的卷尺，测量起结孔与地面的距离。

"已经好了。你出来吧。"

他把志贺博士叫出来后，在新的方眼纸上绘制了一张测量图。

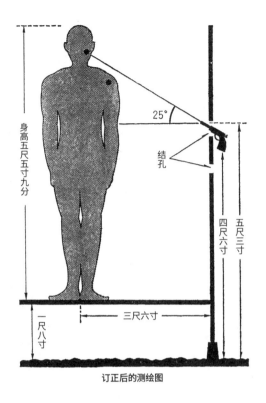

订正后的测绘图

　　根据推算，位于上方的结孔距离地面为一百六十五厘米（五尺三寸），位于下方的结孔距离地面为一百四十厘米（四尺六寸）。但这只是相对于地面的高度，小仓库里铺有地板，地板还高出地面五十五厘米（一尺八寸）。

　　小山田博士指着测量图，解释道："看这里，还有另一种假设也能完美地说明尸体与射入角度之间的关系。你们看，如果将枪口放在一个结孔中，从另一个结孔进行观测，要正好以二十五度的角度击中颞骨乳突部的话，只需要高冈站在距这块木板墙壁大约三尺六寸的地方就可以了。你们看，假设高冈站在那里的话，从结孔中伸进去的枪口，正好与他的盆骨位置一样高，是不会被他注意到的。也就是说，只要慢慢地对准是可以做到的。而且，当时高冈很有可能听到了有人从仓库门口经过时的脚步声，所以他才急忙吞下了纸团。那么，他的注意力一定集中在仓库的入口那儿，是不会关注背面的木板墙壁的。因此，就出现了这样一种假设。"

三人看着小山田博士绘制的测量图思考着，这时，志贺博士开口道："等等。假设手枪先打中了颞骨乳突部，接着稍微变换一下角度，水平地开第二枪的话，第二发子弹只可能打在比盆骨更低的位置吧？"

"嗯，这一点是可以解释的。第一发子弹击中了延髓，高冈的身体滑落在木板墙壁和榻榻米之间的缝隙中，姿势产生了变化。如果是三尺六寸的距离的话，假设他正好滑落了两尺，那么凶手便能水平地击中他的右上臂肩胛骨关节下方。"

"原来如此，这样的话，的确就能解释了。第一发子弹横着射穿了高冈的正中心，第二发子弹相较于第一发子弹偏后，从靠近背部的地方射入。如果高冈是一点点滑落的话，大概就能够解释了。"

小山田博士点了点头："总之，这可以成为一个假设。但是还有一件麻烦的事情。凶手将手枪伸进了哪个结孔？根据结孔的不同，凶手的身高有两种可能。如果将手枪伸进了下面的结孔，从上面的结孔进行观测的话，凶手的身高起码在五尺五寸以上。

但是，如果凶手是从下面的结孔进行观测，将手枪伸进了上面的结孔的话，凶手的身高大概是四尺七八寸，或者五尺稍微出头一点吧。"

"但是，老师，这一点就是问题所在了。毕竟我们推测的不一定就是真相。在听老师解释的时候，我渐渐觉得，犯人应该是一个身高相当矮的人。如果他从上面的结孔中伸入手枪，从下面的结孔中进行观测的话，就能清楚地解释为什么枪口朝上，形成二十五度的射入角度了。"

志贺博士这么说道。

三人结束现场调查回去后，开始破解暗号。关于尸体的讨论，小山田博士提出了各种各样的假设，而关于暗号的讨论，则是志贺博士提出了各种各样的假设。其中最重要的是下面这句话。

"总之，我猜测，这个藏在曲谱中的暗号，与我们之前在高冈尸体里发现的类似大本教的御笔先的暗号是同一个原理。我做出这一猜测是有依据的。因为，这两个暗号都与高冈相关，都有可能与左翼相关。如果第一个假设成立的话，我们立即可以做出第二个假设。也就是说，其中的原理非常简单，这是地下运动中汇报用的普通信件，因此这一暗号应该非常简单。下一个假设是麦克莱兰女士——那位认识道尔的音乐教师提出来的。她提到，这类发出声音的暗号，其实表示的是某种语言。也就是说，其中没有暗含的语言，或是暗含的意思。这种暗号没有多余的字符，是将语言本身变换成了曲谱。"

三人找出了之前复制的记录暗号的纸团的照片。过了一会儿，志贺博士开口道："这么说来，我们可能是被这上面混在一起的汉字和假名所影响了。我先把它写成假名，再把它写成罗马字试试。"

说着，他将暗号写成了下面的形式。

わりるるい、によによ、そいかとり、らりれいふゐる
り、ねれいわよかかよ、つよるよれよかりるより、わ
よかいるまつまよるね、らいりれま、わよかよよるり
によふ、ついついわりかよねゐりれよかり、るいるね
れまつまわいつま、かいにいつよ（又或者是 かいしんつだ
い）

warirurui、niyoniyo、soikatori、rarireifuiru
ri、nereiwayokakayo、tsuyoruyoreyokariruyori、wa
yokairumatsumayorune、rairirema、wayokayoyoruri
niyofu、tsuitsuiwarikayoneirireyokari、ruirune
rematsumawaitsuma、kainiitsuyo（又或者是 kaishintsuda
i）[1]

小山田博士像是放弃了思考似的，收好了眼镜。志贺博士来回比较着纸团上的暗号和曲谱的暗号，脸上写满了困惑。最后他

---

[1] 此段罗马音（即字母）为译者标注。

大喊道："老师，我快解开了！我今晚一定能解开这个暗号！"

说完，三人当天就此分别。走在通往大学校门的校园小路上时，森田警部听到了志贺博士奇妙的低喃。

"对的，暗号很快就能破解，但是，哪个家伙能自如地使用这一暗号呢？对了，我对动机还一无所知。"

四

第二天，小山田博士早早地起了床，在客厅的暖炉旁暖着身子。博士的家中唯有客厅是西洋式的，还安装了暖炉。故而他养成了每逢早起都会在客厅的暖炉旁暖身子的习惯。

这天早上，志贺博士难得到访，此时博士的家人们都还没起床。

"怎么了，志贺君？难得'懒觉博士'今天起得早啊。"

小山田博士招呼志贺博士进了客厅，开玩笑道。说着，他无意间看到志贺博士的脸，吓了一跳。

这张脸确确实实是通宵思考问题的脸。但是思考出的结果毫无疑问给这个男人造成了极大的打击。

"怎么了，发生了什么事？"

"老师，我解开暗号了。"

"什么，解开了？"

"是的。只是，我实在是想不通。这完全出乎了我的意料。

所以，我想先跟老师您商量一下，暂时不告知森田或是冈田，先把证据收集好。"

接着，志贺博士将自己解读的结果告知了小山田博士。这两种暗号都是以同一种原理加密的，第一个暗号中有 nagato 这一署名，第二个暗号的正文中含有一条写着"高冈"的指令。

"我觉得这两个暗号都出自同一人之手，想就这一假设再深挖一下。毕竟时间不多了。"

征得小山田博士的同意后，志贺博士开始展开行动。

他叫来森田警部后，立刻向他下达了一项特殊的命令。

"我想再去一趟，调查一下比良家的人当天的不在场证明。此外，还有一件事要麻烦你。你去调查一下比良家祖母的生平和履历，如果条件允许，再去调查一下去世的比良中将与高冈和嘉门之间曾经缔结的关系。这件事情非常紧迫。今天是二十二号，我想在六天或是一周以内，一清二楚地掌握所有结果。"

"比良中将与高冈的关系、高冈与嘉门的关系，这两件事情得分头调查吧?"

"嗯，是的。我想，或许对于同一起案件、同一段关系，比良有着自己的看法，高冈也有着自己的见解。而这两者之间，或许存在着巨大的鸿沟。这一点尤其要仔细调查。虽然可能有点困难，但关于这一点，你可以从与比良家祖母交往的那些人里打听到消息吗?"

两人到了比良家，按部就班地再次调查了所有人的不在场证明。明确了在警方推测高冈遇害的那天下午，比良家家主比良良三正与男仆竹村一起在庭院处理他们发现的那箱炸弹。从这个意义上来说，良三先生与竹村有着完美的不在场证明。志贺博士格外关注的是良吉的母亲安子夫人和女佣敏也的证词。

"夫人，在您担心您丈夫或许会与良吉先生起争执，前去寻找他们的时候，您的丈夫正在庭院与竹村一起处理炸弹。那么这个时候，良吉君在哪里呢？"

"这我就不知道了。当过了一会儿我准备再去隐居所的时候，良吉正从隐居所的方向朝我这里走来。那时，我问良吉祖母在哪儿，他说祖母就在隐居所。我已经不记得那时候我为什么要问他祖母的问题了，但我确定我们之间有过这段对话。"

"是吗？那么，在这之前，您去隐居所的时候，那里只有敏也和祖母两人吗？"

"是的。敏也在房间的角落里扭捏地跪坐着。我问她祖母的情况时，她确实回答我'祖母已经入睡了'。而且我看到了床的后半部分隆起的被子。"

"是吗？也就是说，你没有亲眼看到祖母吧。"

"对的。我看到了隆起的被子，想着祖母的确是睡下了。"

"关于良吉的去向，你没有问敏也吗？"

"我想我是问了的。我说'良吉不在这里吗'的时候，敏也的确回答说'少爷不在这里'。"

向敏也确认这件事时，敏也承认当时的确回答了"良吉少爷不在这里"。

"但是，敏也，在这之后，太太不是看到良吉从隐居所过来了吗？如果那时候他不在隐居所的话，那良吉君是什么时候进的隐居所？"

听到这个问题后，敏也想了一会儿，才回答道："我没有亲眼看到，所以没法确定地回答您。我想他应该是从庭院进了隐居所，然后去了走廊。"

志贺博士将敏也的这份证言转告了良吉，催促良吉回答时，良吉回答道："是的，我去了庭院。"

只是，在做出这一回答之前，良吉思考了很久。

"志贺老师，比良家祖母和良吉、敏也之间似乎有一种不即不离的关系，三人之间好像有一种默契。"

"嗯，他们心里肯定是有这种默契的。在案件刚开始的时候我就注意到了，事实上，给我的感觉也是他们在相互包庇。我想，应该是祖母和敏也在包庇良吉吧。"

森田警部只花了两三天时间，就把比良家祖母的履历大致调查清楚了。她虽然没有什么学历，只在当时的私塾学过基础的汉学，但是与一个叫津田梅子的英语学者有着密切的交往，想来应该精通英语。在日清战争①的时候，作为爱国妇人会的干部，她还做过不少工作，特别是跟着护士、药剂师等人，在卫戍医院给药房打下手。

"这么说来，她囤的药是为了之后自己服用，或是给良吉和敏也服用，也不是信口胡诌了。她对此应该是有一定自信的。"

"她有音乐方面的素养吗？"

---

① 日清战争：在中国公认为甲午战争。

"音乐方面的话，她熟谙琴道，还曾将琴曲的谱子转谱成五线谱，赢得了众人的夸赞。总的来说，是一位惊才绝艳的妇女——这就是调查的结果了。"

"然后，高冈和比良的关系呢？"

"事到如今，这一点已经无迹可寻了，但可以确定的是，比良家似乎坚信是过世的高冈代议士①陷害了比良中将，而高冈家则坚信是比良陷害了高冈。然后，老师，在调查这件事的时候，我还发现二十号白天，比良家祖母带着敏也外出，花了整整两个小时慢悠悠地徒步拜访了位于青山②的某位元帅的宅邸。我也是因此才知道她与这位元帅之间也有交往。这可能是多此一举，但我还是调查了一下当时的情况。据说，元帅也特别高兴，说了不少话，最后祖母说：'我们两个都老了，不知道什么时候就入土了，这可能是最后一次见面了。'元帅说：'婆婆，您别放弃得这么早呀。'似乎祖母一直为孙子良吉的事情在求他帮忙。"

---

① 代议士，即众议院议员，代表国民的议会人士的简称。
② 青山，日本东京都港区的一个区域。

给读者们的挑战

到这一章为止，《人生的愚者》中所有的线索都已经出现了。因此，从理论上来说，读者诸君应该是可以推理出凶手的身份的。

杀害高冈先生的凶手是谁？此外，杀他的理由又是什么？口香糖杀人案与高冈遇害案之间有着怎样的联系？

请思考一下这三个问题。

狱中推理

一

在此之前，良吉已经有过在监狱里待两年的经验，因此，监狱的生活不会令他那么痛苦。只是，有一个想法每天都会执拗地占据着良吉的脑海。等回过神来时，他已经盯着狭窄的窗外，一动不动地思考两三个小时了。

而这个想法，便是追究达子所留下那几句不可思议的话中蕴含的深意。

"请不要成为人生的愚者。请不要辜负我的死。"对于这些不可思议的话，他曾觉得自己得出了解释。只要自己是正确的，无论被周围人怎么看待都无所谓。他觉得自己比他人优秀，却陷入了另一种完全相反的命运之中。从这个意义上来说，他经常是一个愚者。最开始，他是这么想的。

只是，他无法接受这个解释。有时，他还会这么想。达子的意思或许是指，自己上一次被逮捕时没有洞察到是高冈动的手脚。从缺乏洞察力这一点来看，他的确是愚者。

只是，这个想法也不能让良吉满意。所谓"人生的愚者"一定有着更深的意义。特别是，达子说，要是她在的话，良吉就会变成人生的愚者。达子为什么会这样说呢？这么深沉的说法，达子究竟是从哪里学来的？或许，达子自己也因为成了人生的愚者而长久地哀叹过吧。

良吉心中突然涌起了对达子的思慕之情。

他想起了达子的种种癖好。良吉最中意的一点是，每当自己与达子聊天时，每句话都能得到充分的回应。达子有足够的能力与良吉辩论，当她说不过良吉，但心里不服气的时候，就会微微噘着嘴，说："虽然我理解，但这个道理是说不通的！"达子是一个不费吹灰之力就能说出这种充满悖论的措辞的女人。

当自己和达子谈论一些她完全不了解的话题时，达子就会眯起眼，露出一副狡猾的样子。接着，她还会嘟起嘴，催促良吉说下去。良吉特别钟爱达子的这个癖好。当她终于了解了良吉话中的意思时，达子就会把眼睛睁得大大的，仿佛是将眼睛扩开了似的。自己想表达的东西仿佛都被这一双眼睛毫无保留地接纳了。

在良吉被逮捕后，与达子断了联系的那段时光中，良吉一直安慰自己，达子一定活在这个世界上的某处，这也是支撑他活下去的力量。在这种时候，良吉仿佛有一种将达子保管在别人家的感觉。他有一种自信，只要自己想去取回来的话，无论何时，达子都愿意跟着自己奔赴天涯海角。当良吉出狱后得知达子已经结婚，并且已经跟着丈夫赴莫斯科就任时，良吉受了很大的打击。但是对于达子的这份自信却毫发无损。

刚开始的时候，他还曾为达子所在的地方是莫斯科而感到庆幸。良吉心想，如果是在东京，不幸可能早就降临到他头上。但是随着时间的流逝，良吉渐渐有了这种想法，自己依旧抓着达子不放的话，对于达子来说也不是什么好事。因此，他想再次与达子见一面，无论如何都想让达子自由。同时，他也想让达子给自己自由。良吉这才意识到，驱使着自己跨越海洋与积雪，千里迢迢地前往莫斯科的动力，也是出于这个愿望。

但是当他在莫斯科秘密地见到达子的那一刻，他突然意识到，他没有办法轻易地给达子自由，也没有办法轻易地从达子那里获得自由。当两人都存在于这个世界上时，他们还能从这段关系中获得解脱吗？除非其中一方死亡，还有其他任何办法能使两人从这段关系中获得解脱吗？

想到这里，良吉愕然了。他突然想起达子在遗书中的一段话，"要是达子在的话，你就会变成人生的愚者"。

所以达子死了。

只有达子死，良吉才能获得解脱，然后毫无顾虑地踏上人生的道路。因此，达子死了。

正当良吉一天又一天地沉浸在思绪中度日时，某一天，志贺博士突然造访了良吉的单人牢房。接着，他对良吉进行了下面这番奇妙的审讯。

"十二月二十九号这个日子，有什么特殊的含义吗？我查了一下，四年前你被逮捕的时候，也是十二月二十九号。你的这群伙伴会不会将这一天定为你的纪念日呢？"

"不，没有这种特殊含义。自从出狱后，我就没有和朋友们有过什么亲密的交往了，他们也没有为我设立过纪念日。"

"是吗？也就是说，你对这个日期没有任何头绪咯。只是我觉得，如果你之前所说的'已经转变思想了'这句话是真的，你大可告诉我这个日期的意义。"

"等等。阶级运动与这个日期之间，应该没有任何关系。同志之间，应该也不会为这个日期赋予特殊的意义。"

与志贺博士一同进来的冈田警部，凭借着自己多年的经验，确信良吉说的是真话。迄今为止他调查过的年轻的阶级运动的行动者中，至少良吉没有说过谎话。良吉不会撒谎，与之相对的，他的性格决定了他会坚守沉默。

三人之间的沉默持续了一阵子。良吉似乎想到了什么，这时他又陷入了更深层次的思考之中。良吉流露出极为苦闷的神色，最后，他向对面保持着沉默的两人开口道："我知道了。或许与你们的思路不同，但十二月二十九号是我祖父的忌日。"

"什么？那就是比良中将自杀的日子了。"

"他不是自杀。据说是急性肾炎引发的尿毒症。"

说着，良吉挠了挠自己的头发。接着，他抬起了脸，但他的脸已经涨得通红，宛如抹了朱砂一般。

"志贺老师，我真是一个愚者。我会告诉您十一月三号下午，也就是高冈被杀的那天下午我的不在场证明。这也是搜查工作的瓶颈吧。只是，请您原谅，只要过了二十九号，我立刻向您坦白。"

"只要过了二十九号？也就是说，对你来说，这个二十九号，有着比你祖父比良中将的忌日更重要的意义了。为什么你不愿意在这里坦白？为什么你要拖延到二十九号之后？"

"您说'我要拖延'，恐怕您这里应该掌握着比我更充分的材料，但我在什么都不知道的情况下去了苏联，接着两周后就被送了回来，没有任何材料可供我判断。而拥有这些材料的您应该有能力看透这一点才是。所以，您现在说什么是我要拖延，可我根本没有能力拖延——"

说到这里，良吉住了嘴。

"这是我的请求。就在刚刚，您说二十九号的时候，我似乎才想起某件已经忘却的事情，终于明白了。是的，我不说那天的不在场证明，是因为我不知道这件事。但是，就在刚刚，您告诉了我这个日期。是的，如果二十九号那天没有发生任何与我有关的事，那我就借此机会坦白一切。只是，请您让我保密到二十九号吧。如果二十九号那天发生了什么，那它就是必然会发生的事情，只要它发生了，所有束缚着我的诅咒就都会消失。"

志贺博士没有听懂良吉话语中的意思。只是，就像良吉所说的一般，自己手上掌握的材料比良吉多得多，甚至多到了多余的地步——那就暂时放弃追究良吉，等过了二十九日再说吧。

二

志贺博士和冈田警部离开后，良吉试图再次回到自己的思绪中，但有什么东西阻碍着他，无论如何都没法捡起之前的思绪。

现在良吉眼前浮现的是口香糖杀人案。从小山田博士以及来探望的许多人口中，他听到了有关这起案件的不同侧面。在这之前，他从没有如此深入地思考过这起案件。但是根据他听到的人们对这起案件的描述，一切仿佛都是按照顺序发生的。是的，这一定是某个嫉妒比良家繁荣的人策划的阴谋，意在一举毁灭比良家。

这个人是高冈吗？就算这样，也还有无法解释的地方。在自己出狱后，比良制果公司发生罢工运动的时候，比良的职工抱成一团向高冈律师请求帮助。但是在那时，唯独对于良吉，高冈照顾了他的感受。他甚至说过，为了重建青年共产联盟，良吉的加入是非常有必要的。因此，如果有可能会给良吉造成不好的印象，他会辞去自己作为罢工团队的代表的身份。

假如按照达子所说的那样，是高冈告密导致良吉被逮捕的，这件事就显得无比不可思议了。尽管不可思议，但就出狱后的良吉看来，高冈律师想要对良吉献出的这种信赖，是做不得假的。但是，良吉想到这里，突然愕然了。某个推测在他脑海中一掠而过。

高冈律师与良吉之间的交往是地下进行的，因此他们之间的通信方式和交流方式采取的也是地下手段。某天，良吉收到了一封来自高冈的回信，回复的内容像是针对自己问出的某个问题，但他不记得自己有问过这个问题。正是那段时间前后，良吉察觉到日向斐子相当执拗地想要接近自己，因而渐渐地下定了疏远高冈的决心。如今，当他从志贺博士处听到二十九日这个日期时，良吉脑海中的某处突然想起了这件事。

良吉手里没有任何材料，但是，良吉的想象力带给了他一个不可思议的预感，关于二十九日究竟会发生什么事件，而以自己——以实际上不在日本的自己——的名义发出的某个指令或许会成为导火索。

高冈说要重建青年共产联盟。但是综合各种情况考虑，解散前的联盟成员以及联盟客座成员恐怕都不会支持高冈成为盟主。他们很敏感。他们不可能看不破高冈不纯的动机。不，不如说，如果这一指令是由曾经的长门下达，他们一定会立刻聚集起来。鉴于长门过去干净的履历，他们一定会给予长门这样的信赖。

这么想来，恐怕有某个人利用了日向斐子，代替自己与高冈交流。并且这个如影子般的人，现在还在谋划着什么，这个人究竟是谁——面对这种思绪，良吉的内心重现出一种亲切感，这种亲切感从自己出生开始就有了。

接着，在已经昏暗下来的单人牢房里，良吉喃喃着："我不知道，我不相信。"

那天傍晚，良吉申请了许可，向政子寄了一封信，写到自己希望能尽快见到敏也。

虽然写了"尽快"，但敏也前来探望他的时候，已经是二十六日了。一次都没来探望过的政子也一起过来了。

"正好，我也想见见政子。我还想问问政子之后和日野之间怎么样了。那之后日野没有对政子说什么吧？"

"没有。自从哥哥去欧洲前，我和日野先生见了一面之后，日野先生就再也没跟我说过话了。"

"是吗，哪怕是坂本去世了以后？"

"是的，哪怕是坂本先生去世了以后。"

"是嘛。"

看样于，良吉感到非常不可思议，但依旧点了点头。

"政子，坂本的意外死亡，你怎么想？是过失致死，还是……"

"嗯，我想，原因在于他不相信日野先生的推理。"

"什么？日野的推理？那这么说，在坂本死后，日野还想再次接近政子啊！"

对于这一问题，政子没有给出任何回答。良吉凝视着虚空，最后喃喃地说道："但是，那个人为什么要揭发这些？为什么要抓住他们的尾巴？"

"什么尾巴？"

"没什么。只是，政子，我希望你能注意点。至少在二十九号之前，你不要接近日野。不，你接近他也没关系，但如果日野问起家里的状况，你千万不要告诉他。"

"家里的状况？"

"对的。比如说父亲或是祖母在什么时候、去了哪里，这类家人的行踪……"

"哎呀，为什么？"

"没有为什么。二十九号之前，你千万别回答。"

尽管政子并不理解，但还是应了下来。看到这一幕，良吉才转换了心情，开口道："现在家里怎么样？"

"家里气氛变得非常糟糕。父亲和母亲都变得悲观了，工厂也跟关了一样。但是，这次父亲还得付工资。他说，等哥哥你无罪释放的时候，怎么处理都行。哥哥你想怎么处理就怎么处理。"

良吉有些为这句话所感动。接着，他看向了敏也，说道："敏也，二十九号是忌日吧。"接着他立刻问道，"祖母会去墓前祭拜吗？"

"是的。无论二十九号是刮风还是下雨，她都准备去祭拜。"

"你跟着去吗？"

"跟着去。"

"栗子今年也准备好了吗？"

"准备好了，隐居大人已经做了很多了。"

"你帮我跟祖母说一声，过了二十九号，让她给我带一点来当狱中的慰问品吧。"

"隐居大人说了，要等良吉少爷回来再说。"

"我啊，应该不能回去了。"

最后，良吉如此说道。

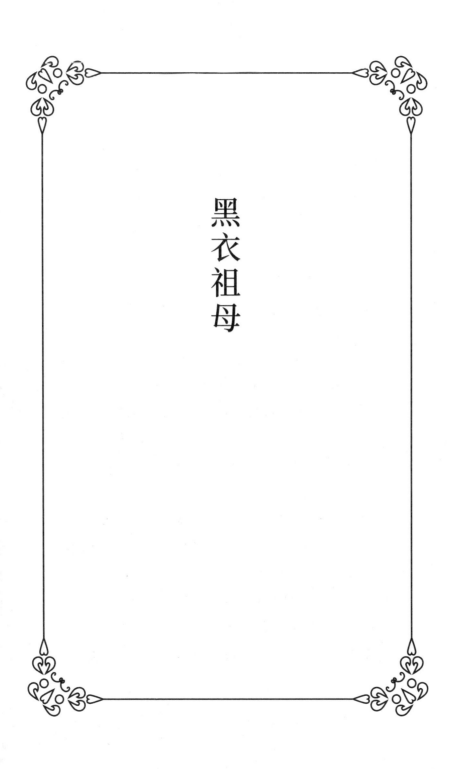

黑衣祖母

一

　　从审讯良吉的翌日起，志贺博士开始独断专行地指使起森田、冈田两位警部来。

　　"独断专行"是冈田警部用来批评志贺博士的用词，后来，事实证明那并不是志贺博士的独断专行。

　　志贺博士要求他们从二十九日下午开始，在中目黑站附近配置五十名便衣警察和三十名武装警察。他说，日向斐子一定会在正好六点的时候到达中目黑站，让警察们跟上她。接着，日向斐子一定会在人群中寻找某个人，又或者说，人群中一定会有某个人接近斐子。他想抓住这个人，但如果这个人试图引导日向斐子前往别处的话，就让警察们跟着两人，把所有与这两人有关的人物一网打尽。

　　尽管这一切宛如在说梦话般不着边际，但出于小山田博士和志贺博士的强烈要求，警方还是做了相应的准备。

　　这一天，小山田博士和志贺博士两人也出动了。志贺博士让两位刑警把平田祐甫带了过来。以防不测，他还安排了警察和另一队人马进入中目黑站内部。

　　一切都准备就绪，终于迎来了二十九号的早晨。这一天从早上开始天气就很好，虽然起了点风，但就年末的气候来说，已经是个难得的好天气了。正午的时候，所有人员都就位了。位于东横线的中目黑站本就不是什么大站，因此，为了不引起行人的注意，便衣警察们绕路潜伏进了中目黑站。数组便衣警察三五成群，装作客人进了车站旁的咖啡店等地方。

下午四点左右，天气突然阴了下来。云层渐渐聚集起来，低低地垂在天空。四下无风，寒意逼人。接着，到了五点左右，太阳已经完全下山了，还微微下起了雨夹雪。这种天气非常不适合实施抓捕行动。

担任总指挥的森田警部和冈田警部的不安心情就更不必说了。虽然提出计划的志贺博士和带着平田祐甫过来的刑警一起来了，但他几乎从一开始就保持着沉默，似乎在掩饰内心的不安。要是哪里的安排出错了，并没有发生什么值得称之为案件的状况，他就无颜面对警方了。此外，要是哪里疏忽了，无法达到目的的话，也会令他难堪。

"要再三盯紧日向斐子。搜过身了吧？"

"搜过了。今天早上她出门的时候搜过一次。她连张手帕纸都没带。"

"自从逮捕她之后，外部的探望都被禁止了吧？"

"是的。回绝了一切探望的请求。慰问品中除了食物，全部都由我们保管了。跟她说了过一段时间后会交还给她。此外，信件我们也都一一确认过了。"

"嗯，那今天要特别注意的是，前来找日向斐子的男人。说不定这个来找日向斐子的男人不认识日向斐子，但斐子一定会给这个男人信号让他逃跑。这一点要格外注意。"

"要是这样，可就麻烦了。如果只有斐子认识那个男人的话，要是斐子不主动接近他，我们就无从得知了。"

"这一点我已经预料到了。哪怕斐子不接近他，我也做了相应的准备。只是，以防万一，在这个场合，有必要把日向斐子放出来。"

根据之后森田警部的描述，往常冷静的志贺博士，从没有像今天这么兴奋过。他的眼里充满了血丝，摆着一副生人勿近的表情，为了某个目标而拼尽了全力。警部十分清楚，只要自己是提出计划且负责指挥的那个人，任何搜查队的负责人都会变成这副模样。

下午五点四十分左右，一个身材矮小的高中生在中目黑站的警卫附近徘徊了两三次，站定后直直地盯着车站的方向。

隔着一条街的志贺博士和森田警部很快就注意到了这个学生。尽管他们与学生之间的距离遥远，只能看清学生戴着一顶脏帽子，帽檐压得很低，披着一件已经破了的斗篷外套①，斗篷几乎拖在地上。斗篷的下面，似乎是一双崭新的纯白色厚朴木齿的木屐。他肯定是第一高等学校的学生。他似乎戴着黑色边框的眼镜。

他们注意到这个学生有两个原因。首先，这个学生的举动明显是在等人。眼光老辣的刑警能马上分辨出学生是在等自己的朋友，还是在等女人。从这个学生的举动来看，他明显是在等某个女人。每当站内有女性出来时，他就像是在找人一般往那个方向

---

① 昭和时代，日本的学生校服为带着帽子、无袖的斗篷外套。

看。其次，他一直踮着脚。事实上，这个男人的身高并没有矮到非得踮脚的地步。事后，志贺博士回忆起自己当时内心的感慨：最近的高中生中，竟有这么年轻的小孩子啊。

下午六点，确实有目标现身了，一个身材高大、围着两圈围巾的男人离开了车站，笔直地朝路口走来。他先来了一趟路口，又进了车站内。在这段时间里，受刑警们看守的平田祐甫"啊"的一声几近尖叫。

"平田，那就是过世的高冈的幽灵吧?"森田警部低声问道。

"是的，他和过世的高冈老爷一模一样。对的，不会有错的，就是那个人在十一月四号的时候给了我手枪。"平田回答道。

"好的。千万不要发出声音。慢慢地跟上。"

把平田交到一位刑警手上后，森田警部和志贺博士在黑暗中悄悄地接近车站。

目标男子出现了，他戴着口罩走在路上，似乎有所顾虑。这时，之前站在路口直直地盯着车站的矮个子学生朝他走了过去。学生沉默不语地从这个男人身旁经过。仔细看去，学生似乎将某个车票模样的东西交给了这个男人，这个男人将手里握着的东西展开看完，突然向外面走去。

森田警部急忙给几位刑警打了信号，刑警们四散而去，向潜伏的警察们传递消息。正当众人准备沿着戴围巾的男人离开的方向追去的时候，之前那个高中生突然离开车站，朝着与那个男人相反的方向走去。

凝神观察的志贺博士拍了拍森田警部的肩，说道："我重点关注那个学生。像高冈的男人那里，派几个人跟着就行了。"

这时，本该带着日向斐子从另一个方向过来的警部，悄悄地出现在黑暗中，低声道：

"听你说你已经明白了，所以我已经让日向斐子回去了。"

"嗯，斐子已经派不上用场了。既然已经知道她没用了，带她回去也无妨。"志贺博士这么说道。

"老师，我觉得高冈那儿比较重要，所以我准备去那里。老师您和冈田警部的下属一起去追踪学生的去向怎么样？"

这些事情是在非常短的时间内发生的。接着，森田警部带着十几名部下朝着像高冈的男人离开的方向跟过去，志贺博士和冈田警部及其部下朝着披着外套的学生的方向离去，追踪他的去向。

森田警部跟踪了一段时间，但并没有发现这个男人有别的同伙，立刻打了一个信号让部下秘密地跑到前面押住了他。

这个男人虽然长得高，力气却很弱，很快就被逮捕了。扯下口罩一看，他居然是比良制果公司的日野理学士。

志贺博士这边也有极其意外的发现。他们跟踪着这个学生模样的矮小男人，发现这个男人走路的时候有时会弯下腰，或者说是刻意地弓着背。这个学生似乎也没有其他同伙。因此，冈田警部两三次开口提议道："老师，我们要不就动手抓住他吧？"

志贺博士制止了冈田警部的提议，继续跟踪着。

这是由于他心中是从容不迫的：对方只是个年轻的学生，也并未持有凶器，哪怕自己一个人都能逮捕他。他的这一想法带来了极大的好运。

最后，这个像学生似的男人不慌不忙地进入了一条类似露地①的狭窄小道，在尽头处两层高的建筑物前停了下来。似乎已经有其他几人先行进入了这幢建筑物。一阵下楼的脚步声过后，一个人从玄关处探出了头。学生模样的矮小男人似乎向这个男人打了一个信号，然后非常迅速地再次回到大路上。

冈田警部明白其中的含义。

为了尽快召集部下，他吹响了口哨，无暇顾及这个矮小的男学生，便冲进了小道尽头的二层建筑物。随后，刑警们蜂拥而至。

其中几位警察受志贺博士指示，绕到了建筑物的后方。总共约有二十名刑警，都没受什么重伤，逮捕了五个男人和一个女人，还有两人逃跑了。自然，学生模样的矮小男人在朝着大路逃跑的过程中，也被一名刑警轻易地逮捕了。

这六人很快就被送进了警察署接受调查。几人均为立志于重建日本赤化联盟的同志，在暗中进行了不少工作。最初，他们曾准备拥护高冈为盟主，但后来将高冈排除在了计划之外。在年末抓住了最为重要的猎物，是冈田和森田两位警部的殊荣。

抓住六个人之后，相继将他们押送至警察署时，逮捕了学生模样的矮小男人的那位刑警遇到了最为意外的情况。

刑警气势十足地冲了上去，但对方极为脆弱，很快就被制服了。那时，他似乎折断了对方的腿骨，根据刑警所说，他听到了

---

① 露地：又叫茶庭，是日本茶室周围的庭园中通往茶室的小径。

"咔嚓"一声。此外，另一名刑警殴打对方的头部，想要抓下第一高等学校的校服帽时，对方大喊了一声"疼"。

对方居然是一个女人。

而且她不只是一个女人。

她还是一位老人。

"快去把志贺老师，或是警部叫过来！"一位刑警大喊道。

另一位刑警跑了过去，但警部正处于逮捕行动的最关键时刻，叫不过来，所以他叫来了志贺博士。

"老师，这非常奇怪。迄今为止针对运动者的抓捕活动中，从没有遇到过这种事。那是一位超过七十岁的老太太。"

"什么，老太太？让我看看。"

志贺博士似乎非常惊愕，赶到了现场。

只有街灯的微光照在像是小路的地方，一位被斗篷包裹着的老人躺在地上，旁边站着一位刑警。志贺博士用手电筒照亮了她的脸。老人似乎忍耐着痛苦，闭上了眼，但被手电筒的光线一照，她立刻睁开了眼。接着，她背过了脸，用微弱的声音说道："看在明治大人赐给我的东西的分儿上，宽恕我的罪行吧。"

志贺博士穿过刑警，蹲在了老人身边。

"您不是比良家的老夫人吗？您为什么要来这里？"

"关于这一点，我有很多话想说。我的腿骨折了，肚子里面好像也受了伤。要是我死了，没法向您解释就麻烦了，行行好，把我送去医院吧。"

"哦，当然了。请您忍耐一下。"

志贺博士命令刑警将汽车开过来。刑警回答说："可她是犯罪嫌疑人，必须送到警察署去。"志贺博士斥责了刑警，自作主张将她送往了医院。

这家医院是位于麹町永田町的、志贺博士的密友经营的外科医院。

一到医院，她立刻就被送进了手术室。

祖母穿的是良吉在高等学校时的帽子和斗篷。取下斗篷后，她抱在怀里的东西也自然而然地掉了下来。

那是故去的比良中将的遗物——数量众多的勋章。这些勋章中最显眼的就是在日俄战争中获得的二等功大勋章。此外，还有一张皱巴巴的纸，似乎也是与故去的比良中将有关的正式任命书一类的东西。其中还有皇太后赐予中将夫人本人的东西。

二

当天下午一点左右，祖母与敏也两人离开了位于代代木的比良宅邸。天气正好，两人沐浴着小春时节 ① 的阳光，前往青山墓地祭拜故去的比良中将的坟墓。

在过去的二十几年中，祭拜墓地时总是下着雨，但祖母的意志从未动摇。幸而今年是个好天气，比良家的人纷纷这样想。不料，下午三点左右，天空开始转阴，到五点的时候甚至下起雨

_____

① 小春指晚秋到初冬的交替时节出现的像春天一样温暖的气候。

来。由于两人依旧没有回来，安子夫人开始担心起来。

她们不仅是没有在五点回来。天已经完全黑了，到了六七点，她们依然没有回来。比良良三先生也担心起来，让安子向两人可能造访的地方打电话询问。

"敏也这家伙也是个傻瓜。要是提前给我们打个电话，我们就能安心了——那家伙平时想得不是挺周到的吗？"

"对啊。敏也向来非常注意这些事情，今天却连一个电话都没有打来，我就更担心了。"

正当比良夫妇讨论着是雇人搜查，还是以防万一先向警方报备时，被雨淋湿的敏也回来了。

时间已经过了晚上七点半。这个少女脸色苍白，看样子似乎经历了三四个小时的痛苦周折，但好在平安回来了，敏也的脸上露出了几分安心的神情。

"傻瓜！你怎么了？"

比良当头喝道。接着，这个少女卖力地回忆着刚刚发生的事。根据她所说的话，事情是这样的。

出门的时候，祖母的心情很愉快。

除了拐杖外，祖母还带了一个用方巾包起来的物品。敏也觉得里面包着的似乎是和服或外套一类的物品。祖母让敏也提了一个包裹，两人便出门了。敏也本以为祖母会立刻前往青山墓地，不料祖母开口说，在前往青山之前，她想先去拜一下明治大人。

参拜完明治神宫后，已经是下午两点半了，所以到达青山墓地的时候，应该已经过了下午三点。祖母从容不迫地在墓前行了一礼，跟以前一样在墓前念叨了许多在比良家发生的事情。天气渐渐阴了下来。她催促祖母回去的时候已经是下午四点左右了，天空开始变得暗沉。

这时，祖母开口吩咐她再去阏伽桶①里盛些水来。等敏也提着桶去了参拜人等候处，盛完水再次回到墓前时，祖母却不在那里了。她惊慌地环顾四周，发现四下无人，远处只有一个第一高等学校的学生在独自行走。

墓碑前只剩下一根拐杖。包裹内的东西也不见了，只剩下一块包袱布。

敏也顿时发狂。

她找遍了偌大的青山墓地的每一个角落，不知道回到比良中将的墓前看过了多少次。这时，渐渐地下起雨来。

在淅淅沥沥下着雨的墓地里，这个发狂的少女不知道是尖叫还是哭泣的呼喊声持续了整整一个小时，但恐怕没有人听见吧。

敏也本被"自己不能就这么回去"的想法牢牢束缚住，但她随后想到，说不定祖母是因为某个原因提前回家了。因此她才回来了。

正当敏也哭诉其中缘由时，医院那边打来了电话。

医院的人说，老夫人在町内②受了伤，虽然被送到了这家医院，但必须进行手术，因此希望她的家人能尽快赶来。

众人被吓了一跳。比良夫妇先带着敏也去了医院，同时打电话让滨崎夫妇前往代代木宅邸。

---

① 即盛放、供养功德水的器物。
② 相当于街道里。

比良夫妇赶到医院时，祖母因为骨折和出血而变得极其衰弱，但还能正常交流。

"祖母，请您振作一点。"安子夫人带着哭腔说道。

"隐居大人，我对不起您。"敏也哭了起来。

"我精神着呢。在良吉被宣告无罪之前，我有话要说。他也是比良的嫡子，一定继承了比良的血统。你们仔细听好了，上一代的比良家主成了军人，即将当上大臣，不料为奸人所害，突然撒手人寰。后来，良三在实业界安身立命。他继承了比良的作风，在这世上功成名就了。良吉也是这样的。那可不能叫废物。比良一脉相传的灵魂，在这个时代，就化成了良吉的样子。要是在明治时代，良吉或许也是将军了。要是在大正时代，良吉或许就跟良三一样，成为资本家了。一脉相传的灵魂，在这个时代，就成了良吉。这一点，你们能理解吧？"

祖母有些口渴。

她举起没有骨折的左手，示意别人帮她润润嘴唇。安子夫人哭着点了点头，用蘸了水的棉花润湿了祖母的嘴唇。

"差不多就行了，说得太多会累，对身体不好。"院长开口道。

但是祖母似乎还是很激动，并没有停下讲述的打算。

"为了学会俄语的字母，我也下过不少功夫。"

"啊？母亲您，学俄语？"

"是啊。因为良吉一直在学，所以我也起了学俄语的念头。英语的话，我跟小梅一起学过，所以多少会一点。我还教过皇族大人。虽然俄语我只记住了字母，但这之后帮了我大忙啊。"

"帮了大忙?"

"是啊。哪怕良吉进了监狱,还是会有很多暗号信之类的信件寄来。我扫过一眼,上面虽然是俄语字母,但实际上都是日语的暗号。读了信以后,我知道了很多事情。从那以后,为了不让良吉背负罪名,就由我代替良吉写信了。"

祖母所说的这些话非常关键。

志贺博士和冈田警部,以及结束了警察署的工作后终于赶来的森田警部,都用单手拿着小本子,向祖母的方向探过身来。

"那些信件当中居然还有高冈写的。那家伙可疑得很。他围着比良家阴魂不散,哪怕良吉出狱后,他还想再把良吉带坏,用尽了各种手段。良吉的思想结出的坏果实,就是那些人结成的联盟。所以,今天我把他们交给警部先生。今天,收到我的信后,他们才聚集在那里。虽然他们一次都没见过我,但那是同志之间使用的正式的暗号。警部先生,我今天交给了您这么多人,就请您宽恕我的罪行吧。"

"虽然逃了两个,但抓到了六个,也是很大的收获了。"

"我也要被抓了吗……我已经没命了,抓不抓,也没什么区别了。"

因为这句话,房间里突然响起了哭声。

滨崎夫妇、政子、胜子都已经来了,站在房间的角落。

这时,门被粗暴地打开,一个人大喊着进来了。

"婆婆,您怎么了?您为什么不来拜托我呢?"

众人靠向两侧,为元帅空出位置。

但是此时，祖母已经几乎不能说话了。又或者是因为情绪过于激动，说不出话来了。她磨蹭了一阵子，才说道："谢谢。谢谢您。只是我的罪孽深重到——您承担不起的地步。为了孙子，我连人都敢杀。"

　　"您说什么胡话。到底是谁这么粗暴地对待老人的？"说着，元帅看向了穿着警察制服的冈田警部。警部没有回答，他又说道："嗯，跟你说也没用，把你们的总监叫来，我有话跟他说。"

　　祖母作势要起身。

　　"请您，别这么说。您也好，我也好，都是旧时代的老东西了。从今往后，会有不输给你我的年轻人站起来的。"

　　说到这里，祖母又口渴了。

　　安子夫人将棉花递给了元帅，要元帅学着自己，用湿棉花润湿祖母的嘴唇。元帅一言不发，摆着一副愤怒的表情，但还是接过了棉花。

　　祖母似乎要呕吐出来，护士和院长急忙围到了祖母的身边。

　　"敏也，敏也。"

　　祖母的声音传来。敏也的眼泪大颗大颗地落下，但她依旧应道"我在"，走到了祖母身边。

　　"把，那个栗子，给，良。"

　　这是祖母临终前的最后一句话。

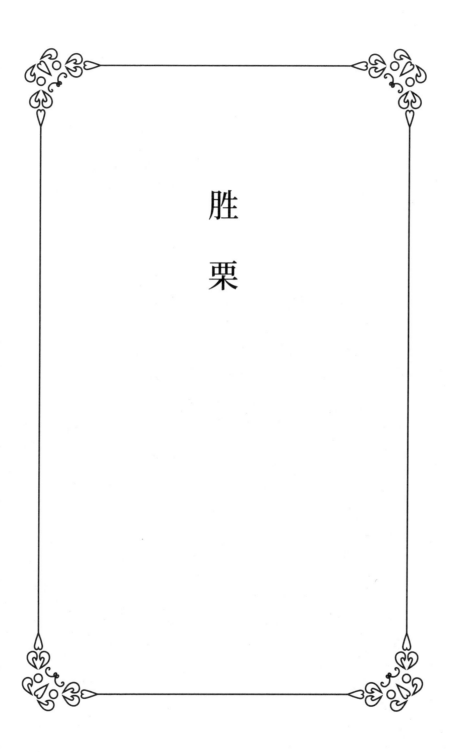

胜

栗

一

被捕人员的调查结束后，又根据他们提供的信息引出了若干名同志，等到这些人的调查都结束后，已经是一月又过了两周了。

不过，案件抽丝剥茧地解开了。

"暗号的解读没那么难。有一位音乐教师名叫麦克莱兰女士，她给的建议确实很有用。"

说完，志贺博士做出了如下的解释。

曲谱的暗号是根据钢琴谱写出来的。将钢琴的某个琴键定为1，按234的顺序向上排列过去。那么，按照这样的方法来解读暗号曲谱的话，会得到什么结果呢？志贺博士打开了光子的钢琴课本，研究起钢琴的键盘排列。钢琴的键盘排列与曲谱是对应的。为了验证哪一个琴键是1，志贺博士进行了许多次尝试，终于找到了答案。日向斐子携带的那张曲谱是货真价实的C调的曲谱。因此，只要将琴键逐个定为1，依次试过去就行。很快，他就将暗号曲谱编成了数字。其结果如下：

14.9.7.20.11.20.14.9.24.9. | 4.15.4.15.17.15.11.20.7.9.

14.1.11.1.13.30.4.20.17.15.30. | 11.9.14.9.19.30.

19.1.11.1.15.11.1.14.9. | 22.30.14.18.15.25.9.19.1.22.9 |

19.15.14.9.｜

13.9.24.9.2.9.11.1.17.30.19.30.｜

25.20.11.1.9.14.9.31.11.30.｜

假设 123 对应的是日语假名的《伊吕波歌》①，其结果就会变成下面这样，与从高冈尸体里发现的暗号属于完全相同的类型。

かりとねるねかりうり、によによれよるねとり、

かいるいわまにねれよま、るりかりつま、

ついるいよるいかり、らまかそよゐりついらり、

つよかり、わりうりろりるいれまつま、

ゐねるいりかりけるま。

接着，他对这些文字进行了一段时间的研究，发现同一个文字经常隔着一个文字出现，如"り"或是"い"，经常隔着一个文字出现。此时，他想到这些反复出现的文字可能是元音②，这或许是罗马字的排列。因此，他试着将"abcd……"换成了"いろはに……"③进行了尝试，"い"对应"a"，是元音字母，"り"对应"i"，也是元音字母。

---

① 《伊吕波歌》：最早见于《金光明最胜王经音义》，是一种具有实际意义的日语假名的排列方法。伊吕波（いろは）是该诗歌的头三个音。其现代的全文如下：いろはにほへど、ちりぬるを、わがよたれぞ、つねならむ、うゐのおくやま、けふこえて、あさきゆめみじ、ゑひもせず。（最初创造时没有浊音，即假名右上方有两点标识的字母。）

② 元音：与辅音相对，指在发音过程中气流通过口腔而不受阻碍发出的音，如英语中的a，e, i, o, u。

③ "いろはに……"便是上文的《伊吕波歌》的顺序。

只是，英语字母只有二十六个，但是暗号起码使用了三十一个字母。

想到这里，答案已经呼之欲出了。案件有着浓烈的左翼色彩，那么应该就是将俄语字母换成了《伊吕波歌》。

а—い	р—れ
б—ろ	с—そ
в—は	т—つ
г—に	у—ね
д—ほ	ф—な
е—へ	х—ら
ж—と	ц—む
з—ち	ч—う
и—り	ш—ゐ
й—ぬ	щ—の
к—る	ъ—お
л—を	ы—く
м—わ	ь—や
н—か	э—ま
о—よ	ю—け
п—た	я—ふ

根据这个表格，先将尸体中发现的暗号写成假名，其结果

如下：

わりるるい、によによ、そいかとり、らりれいふゐる
り、ねれいわよかかよ、つよるよれよかりるより、わ
よかいるまつまよるね、らいりれま、わよかよよるり
によふ、ついついわりかよねゐりれよかり、るいるね
れまつまわいつま、かいにいつよ。

再对照上表还原成俄文，其结果如下：

микка, гого, санжи, хираяшики,

урамонно токорони кои

мон акэтэоку хаирэ

моноокигоя, татамино

уширони какурэтэ, матэ нагато

将这段俄文按照发音来读，其结果如下：

三日午後三時比良邸裏門のところに来い。門あけてお
く。入れ、物置小屋、畳のうしろにかくれてまて。長門
　（三日下午三点从比良宅邸后门进来。我会提前给你开
好门。进小仓库，藏在榻榻米后面等我。长门）

高冈被这封信引了出来，在十一月三日下午进入了比良宅邸，那时是明治神宫祭典中烟花放得最盛的时候。在他躲藏的时候，凶手瞄准他开了枪。或许是因为听到了男仆竹村路过的脚步声，他吓得吞下了这个写有暗号的纸团。

　　警方调查了炸弹，调查结果是：意图重建日本赤化联盟的同志中，有一个制造烟花的人，是他制作了炸药并交给高冈。高冈或许是想将它交给比良良吉，或许是想将它放在比良宅邸，然后向警方告密陷害良吉。高冈的目的不明，但他将炸药带入比良家的目的绝不是出于善意。祖母临终前说的话也指明了这一点。

　　而第二个暗号，也就是曲谱上的暗号，用同样的原理分析，还原成俄文的结果如下：

нижукуни чи гогороку жи

накамэгуроэкинитэ такаокани хэнсошитахитони

мичибикарэтэ шукаиниюкэ

将这段俄文按照发音来读，其结果如下：

二十九日午後六時、中目黒駅にて、高岡に変装した人
に導かれて集会にゆけ

（二十九号下午六点，在中目黑站，一个伪装成高冈的
人会带你去集会）

这一暗号写在了曲谱上，交给了日向斐子。

根据对斐子的调查发现，计划这一切的人是故意设计让斐子被警方逮捕的。日向斐子还收到了另一封同志的联络信，说想与她在过世的高冈先生的住宅附近见面。她遵循指令过去后，却没能与那位联系自己的同志取得联络。事实上，哪怕警方带着斐子前往中目黑站，在那里现身的人的目标也不是斐子。因此可以看出，计划这一切的人，没有向那个男人下达过寻找日向斐子的指令。

根据对日野理学士的调查发现，日野理学士被迫与政子分手后，开始接近高冈，并通过高冈与左翼团体有了联络。在高冈死后，他突然接到了一条指令，说四号下午，比良宅邸的隐居所没有人，要他从那里偷来手枪和弹药，并在高冈宅邸附近，将它们交给一个拿着高冈名片的男人。从这一点来看，四号下午，比良家的祖母在客厅因脑缺血发作而昏迷的事，说不定也是预先定好的计划。他按指令行事，非常凑巧地偷出了手枪。这时，指令上还要求他伪装成高冈的样子前往。日野理学士说，他的身高与高冈相似，因此他戴上口罩，装成了高冈的样子，在昏暗的傍晚将手枪递给了另一个人。

这就能够解释，平田为什么断言自己是在高冈死后的第二天，从高冈老爷手里接过手枪的了。

根据这一线索进一步调查下来，围绕着口香糖杀人案的谜团也迎刃而解。警方对平田进行了审讯，平田坦白，在担任职工长的时候，受到将比良家置于死地的想法所诱惑，在一部分口香糖中混入了番木鳖碱，并将这一部分口香糖混入了库存中。在罢工运动中被解雇时，平田将这一秘密卖给了高冈。高冈试图利用这一点让比良家没落。他的计划中似乎还准备让日野为他所用。日野做证说，高冈曾在某个时刻说漏了嘴："我会将比良家置于死地的。"

不料，由于配送出了问题，导致市内出现了两三名死者。日野根据高冈说漏的话进行推理，终于从库存中找到了带有特殊记号的口香糖包装罐，于是便利用这一点杀害了自己的情敌——坂本药学士。

他还想在之后利用这些库存来做些别的事，但突然收到了半强迫性的、联盟至上的命令，要求他在二十九号伪装成高冈前往中目黑车站。一到那里，他就被警方逮捕了。从日野的自白看来，他与高冈遇害案及口香糖杀人案之间，都有着密切的联系。这个计划一切的人看破了高冈和日野之间有所接触的事实，诱骗日野走向最终的结局，不得不说这份眼光和手腕简直是毒辣至极。

综上所述，这起案件虽然引起了广泛的连锁反应，但每一条锁链都是由同一个核心人物向四周辐射开来的。这个核心人物既是杀害了高冈的犯人，也是有能力发出强迫性指令、以一己之力操纵着所有锁链的人。

这个人是谁？

从对方有条不紊的计划来看，从对方展现出的敏锐的洞察力来看，这个人只有可能是七十岁高龄的祖母。

警方很快就将二十九日的案件告诉了良吉。

良吉似乎早已预想到了这一切，做好了接受这一消息的心理准备。随后，警方了解到，十一月三日高冈被害的时候，良吉正在隐居所与敏也谈话。听到脚步声后，良吉钻进了为祖母铺好的被窝里，装作已经入睡的样子。而良吉的母亲只看到了后半部分隆起的被子。

关于为什么他不愿意被人看到自己与敏也正在谈话，良吉只是涨红了脸保持沉默。总而言之，这就是良吉的不在场证明。敏也和良吉两人或许是为了包庇祖母，一直不愿意回答这个问题。

一月下旬，良吉被释放了。在那之后，他拜访了志贺博士，向博士说了很多道谢的话，两人还聊到了那时的祖母。

"小山田博士一开始认为口香糖杀人案恐怕与比良家的内乱有关，因此他对森田君说了些'毒杀案会体现人类的本性'之类的话。现在想来，真相与小山田博士的预料恰好相反啊。"

这起案件由小山田和志贺师弟联手解决了。在这之前，两人各自负责不同的案件，这起案件是两人的第一次合作。这也足以说明这起案件的案情重大。

"只是，良吉君，经历了这起案件，我在想，长男——总的来说，这些背负着将来的男人，在独当一面之前，总要面对许多牺牲，特别是人的牺牲。你也加油好好干吧。"

"好的，谢谢您。"

说着，良吉向志贺博士行了一礼。他心中无比赞同志贺博士的这句话。良吉的脑海中浮现出了达子与祖母的身影，这两人为了自己做出了巨大的牺牲。

这时，良吉提出了一个奇妙的问题。

"老师，有没有什么口服药物，能使人呕吐或者停止呕吐？"

"口服药物吗？有的。比如阿扑吗啡 ①，不过它属于生物碱，算是烈性药物。如果是普通药物的话，吐根散 ② 之类的药应该就能达到效果。要是想止住呕吐，草酸铈 ③ 之类的药应该有不少吧。怎么了？"

"不，没事。我那时候以为敏也是孕吐，但现在想来，或许是祖母提前计划好的，给她服用药物后造成的。那时祖母似乎非常想把我送到远方去。"

"这是为什么？"

"不清楚，或许她是在担心，就算我不再参与红色的同志们的活动，只要高冈在的话，哪怕我没有那方面的想法，也会白白断送我的人生吧。"

二

良吉出狱后，回到了家中。

祖母房间里的佛坛处，已经供奉上了祖母的佛像。在这之前，全家很少会聚集在隐居所，但现在，众人却经常有意无意地

---

① 阿扑吗啡：强力催吐剂，有引起虚脱的风险。
② 吐根散：催吐剂。
③ 口服草酸铈可减轻呕吐、腹泻症状。

聚集在祖母的佛像前。父亲比良良三因为口香糖杀人案而变得无精打采，总是默默地来到这个房间，听着家人的谈话。

良吉觉得，跟以前相比，这里似乎有什么东西发生了很大的变化，这种变化是随着父亲开始信赖自己而产生的。

"良吉，我拥有两家口香糖工厂。其中一家全部交给你了。连同大概两百名职工，一并交给你了。你想做什么都行，要是不愿意做糖果，把工厂解散了都行。总之，你从头开始试试看吧。"

"父亲，如果那家工厂给我，现阶段我仍然会做糖果。只是，我会和职工们一起工作。我首先是一名职工，然后才是厂长。我想努力建立这样的生活。"

"嗯，这样也好。此外，还有一件事。再过一阵子，你就结婚吧。对方的身份和派系我都没有要求。本来想趁祖母在世的时候，让你结婚的，但她已经走了。"

良吉本来还想说些什么，但听到父亲的这番话，他沉默了。

关于这个问题，他需要考虑的东西还有很多。更何况，刚失去了达子的他，实在没法考虑结婚这件事。但是，他即将揭开达子留下的话中的另一层意思。人生的愚者。是的，他从未通过自己的实践发现过什么东西，只是遵循着他人的指令行动。他在进行阶级运动的时候，正是这副模样。接下来，首先作为一名职工向前出发吧。

那天，是良吉回到家后的第四天。

吃完晚饭后，家人们再次聚集到了佛坛前。当天，滨崎夫妇也来了。

尽管良吉什么都没说，但却加入到他们当中。

这时，敏也进来了，将某样物品放在了良吉面前。

"我之前忘记了，不好意思。隐居大人生前曾吩咐我，将这个交给良吉少爷。"

用来装点心的盒子里，塞满了漂亮的胜栗①——是已经剥掉了粗糙的外壳的胜栗。

"哎呀，哥哥，也给我一颗吧。"

说着，胜子伸出了手。政子也跟着伸出了手。

嫁给滨崎的叔子也拿了一颗，开口道："这是祖母做的吧。我知道的。为了给哥哥，祖母每年都做呢。冬天不是很冷吗，用小刀剥开粗糙的外壳，会让手变冷，所以祖母会戴手套。手套一直绑到手肘的地方。只是，手指不伸出来的话，就没法剥掉粗糙的外壳了吧。所以啊，祖母就把手套的食指和大拇指部分剪掉。但是这样不就变冷了嘛。所以啊，祖母就跟以前的人一样，将手指放在嘴巴前，'哈'地哈气呢。这副样子，我经常能看到呢。所以才攒了这么多吧。不过这些都是给哥哥的。我们呀，一颗都没得到过呢。"

说到这里，叔子似乎想起了什么，站起身来。

她在小抽屉里翻找了一阵子，说道："有了，有了。"她将祖母的手套拿了出来，"看，就是这副滑稽的手套。把它这么戴上的话，你们看，就能包到手肘处了吧。这副手套就是祖母剥胜栗的粗糙外壳时戴的——这一切，都只是为了哥哥啊。"

———————

① 胜栗：将栗子干燥后，脱去外壳和皮的产物。其音与"胜利"相同。

听着叔子的话，良吉的脸渐渐扭曲了，他的嘴唇颤抖着。当叔子说完，大家纷纷出声笑了起来。然后，当场面再度恢复沉默时，良吉"呜"的一声哭了起来。

众人从没看到过良吉哭泣的样子。看到这幅罕见的场景，大家不禁面面相觑。

接着，大家垂下视线，陷入了沉默。

良吉只发出了两三声哭声。当他终于能压抑住自己的哭泣时，房间的角落里，另一道压抑着的哭声渐渐响了起来，似乎很难停下来。

那是敏也的哭声。

（本作完）

新

月

本作于 1948 年荣获
第一届日本推理作家协会奖
短篇奖

一　斐子的婚姻

在我漫长的律师生涯中，只遇到过这样一例法律案件：作为代理人的我在与对方进行交涉的过程中，彻底被对方所折服。

而且当时案件已经进行到确认了犯罪证据的真伪，即将提起诉讼的地步了。尽管最后案件得到了解决，但在那之后漫长的五年间，我作为对此案最为了解的相关人士，也对其中重要的一点抱有疑惑。这一切都随着细田圭之助的死亡而真相大白，因此我将其写了下来。

大约正好是在十年前的时候，那时，一位二十七八岁的青年和他的父亲一同造访了我的律师事务所。两人没有任何介绍信，听到我的问题后，他们回答说，是因为他们没有认识的律师朋友，而当时恰逢我因某起案件而声名大噪，因此才来了我这里。

"事实上，是赔偿金的问题。我有一个叫斐子的女儿，结婚后在婆家意外身亡，所以我才想要对方赔偿。"

"因为女儿意外身亡，所以想向对方索取赔偿金吗？"

"是的，虽说是意外身亡，但是我们都觉得她是被人杀死的。"

"被人杀死的？你的意思是，你女儿是被她丈夫杀死的吗？"

"是这样的。要说证据的话，我们手里也有——虽说如此，但人死不能复生，如果对方愿意老老实实地付赔偿金的话，我们也不准备起诉他杀人。"

"但是，杀人可不是一件小事，这可是刑事案件——你们究竟期望拿到多少数额的赔偿金？"

"嗯，能要到五万日元左右吗？"

当时的五万日元是一笔巨款。他的女儿正式嫁给了对方，无论意外身亡这件事是真是假，只因为女儿的去世就索要五万日元的赔偿金，这是办不到的。除非，对方真的涉嫌杀人。就算上了法庭，最后很大概率都要不到他们要求的五分之一。在这之前，应该没有过类似的判例。

是否接手这个案子另说，我决定先问问事情的经过。其经过大致如下——

女儿的名字叫斐子，当时二十四岁。两年前，斐子正式嫁给了一位叫细田圭之助的男性。这位细田圭之助先生当时已经五十五岁了，也就是说，一位二十二岁的女性嫁给了一位五十三岁的男性，听上去就知道这桩婚姻背后另有隐情。毕竟细田圭之助先生是一位实业家，坐拥不少财富，而斐子所在的早川家又过得比较不如意，估计是细田先生向早川家许诺了一些经济上的补偿吧。因此，对于斐子而言，在这桩婚姻上，她应该是做出了一定的牺牲。我下意识地做出了这个猜测，但是调查后才发现，事实与我的猜测大相径庭。

斐子自然是初婚，那么细田先生呢？当然是再婚。细田先生的妻子已经在五年前去世了，长女在年幼时不幸夭折。他是四个孩子的父亲，长男当时二十一岁，是高等学校①的学生。次女二十岁，在前年已经嫁给了同为实业家的某个家族的长男。此外，还有一个十八岁的女儿和一个十六岁的儿子。

细田先生虽然没有再婚的意向，但似乎曾说过自己愿意接纳侍妾。在细田家工作的某位用人认识早川家，那时的早川家为了挽救家业，向细田先生借了钱，正苦于无法支付利息时，用人提出了这个能打破眼下困境的提议。

自然，最初的时候，别说是当事人斐子了，就连斐子的兄长们都气愤不已，因此这个提议也就不了了之。不过在我看来，或许是因为这一提议并非是由细田先生本人提出的，才造成了这样的结果吧。不料，在那之后的一两个月，斐子有了与细田先生见面的机会。大概见了两次面后，斐子主动提出，她愿意重新认真考虑之前的提议。这令其父母和兄长们感到十分惊讶。据说就连细田先生在听闻这个消息时，都感到不可置信。

在那之后，斐子嫁入了细田家。细田先生也没料到会有如此年轻的女性愿意成为自己的第二任妻子，当斐子主动提出想要与他结婚时，或许他的心中产生了一种可以称之为恋爱的感情，也在细田先生的晚年生活中种下了一颗不可名状的爱情的种子吧。细田先生深爱着斐子，这一点是所有人都有目共睹的。（详情请参阅本文第五章。）

那么案件又为何会发生呢？根据斐子的父亲和兄长所述，斐子在嫁入细田家之前，曾有过一位恋人。这位恋人是斐子兄长的

---

① 旧制的高等学校包括旧制中学校、高等女学校、实业学校等，相当于专业学校。

朋友，名叫物集达男，当时是一位二十五岁的青年。

"物集是我在学校的朋友，经常来我家玩，所以才跟我妹妹认识的。家里还有两人当时交流的信件，能证明这一点。斐子嫁给细田后，物集心中的郁闷之情无处排解，最后往斐子那里寄了信。看到信后，细田先生一定怒火中烧吧。看起来是出于嫉妒和对妹妹的怀疑，这才起了杀意，有计划地杀掉了妹妹。"兄长这么说道。

那么，斐子死亡的情况又是如何呢？

二 湖上之死

细田先生与斐子结婚后，很快就过去了两年。那年夏天，两人住在了箱根的富士屋酒店。

"欸，老公，你带泳衣过来了吧？"

"嗯，记得是各放了两套进去。"

"那我们换了衣服去泳池吧。"

细田先生犹豫了，但架不住斐子的撒娇，两人最终还是换上泳衣，套上了一件奢华的浴袍，一同前往酒店的温泉泳池。

斐子以标准的爬泳姿势①在宽广的泳池里徜徉。看到这一幕，细田有些惊讶，与此同时，对斐子的好感油然而生。

"真厉害啊，斐子。"

"老公，你也来游呀。"

细田的犹豫或许是因为他不会游泳。

"嗯，我不会游泳。"

"为什么？"

"什么'为什么'，我年轻的时候很穷，所以没游过泳。"

"哎呀，那上中学和高等学校的时候也没游过吗？"

"嗯，靠着别人的资助才勉强上了大学。"

---

① 爬泳，即"拔手"，为日本古时的游泳法之一。游泳时，人的头始终露出水面，用左右手交替划水，把胳膊抽至水面上，用脚拨开水。

"一直在学习呀。"

"嗯。"

斐子仿佛很开心似的，"咯咯"地笑道："老公，你像孩子一样正直坦率呢。"

"嗯，可能那时候我没有多余的精力吧。"

听到这段往事时，我的感受也是相同的。细田先生非常大胆，是实业界的斗士，但遇到自己不熟悉的事情时，他就会像孩子一样可以对任何人表现出崇拜之情。

"斐子是什么时候学会游泳的？"

"哎呀，我在女子学校的时候可是游泳部的选手呢。"

"但你父亲居然愿意让你去女子学校呀。"

"你听到什么都会感慨呀。"

"嗯。"

"我先去游一会儿。"

斐子尽兴地游了一阵子，直到疲惫感突然袭来才停下。或许是因为运动过度，她的脸色有些发青。

"你看看你，累到了吧。回房间睡吧！"

细田轻轻抱起斐子，大踏步地朝着房间走去。回到房间后，他将斐子放在床上，看着她苍白的脸。

"我呀，心脏瓣膜不太好，所以一直被禁止游泳呢。但是，我想游泳——"

"是吗，怪不得你这么疲倦呢。以后就别这样了哦。"

"没事的，已经好了。"

很快，斐子的脸就恢复了血色，没多久就从床上起身了。

在那之后的两三天，两人就躲在房间里读书。细田先生在读一本厚厚的外文书，一读就是好几个小时，斐子对此感到非常惊讶。

"欸，我们去湖面上玩吧。我想乘船了。"

"嗯。"

细田犹豫了。斐子看破了他犹豫的原因。

"是因为不会划船吗？"

"是的，和水有关的我几乎都不擅长。而且，万一你又要游泳的话就麻烦了。"

"哎呀，真讨厌。游泳这种事，我一年只游一次。两三天前已经游过了，所以我向你保证这次不会游了。"

"是这样吗？"

对于自身的经验，细田先生是个非常谨慎的人，但总会轻易相信别人的经验。最后，他被斐子说服了，答应了她的请求。接着，两人下午离开酒店，动身去了湖边。

"给酒店打个电话，今晚就住在这里吧。"

"嗯。"

两人定下了晚上在湖畔酒店住宿，解决完晚饭后，便乘船到了湖面上。

"我几乎不做没自信的事情，特别是跟别人一起合作的时候。但神奇的是，和斐子一起的话，我就可以去做。"

"没关系的，我有自信。"

"嗯，或许就是这个原因。我可能是信任斐子的自信。"

"这么说来，迄今为止那么长的时间里，除了我以外，你完全没有相信过别人的自信吗？"

"要这么说的话，的确是这样。"

"你不相信别人，说明你对自己很有自信呀。"

"说不定是这样。但说不定还有些别的原因。也就是说，说不定我一直提防着，免得跟别人一起殉情。"

"那你的意思是，你愿意和我一起咯。"

"的确是这样。"

斐子仿佛很开心似的，又"咯咯"地笑出了声。

"那就没事了。那件事呢？"

"哪件事？"

"哎呀，你想，就是物集的事情啦。"

细田先生有些惊讶。她是怎么知道自己看过物集的信的——那封信看起来与斐子有关，是他怀疑斐子的证据。事实上，在信件送到斐子手上之前，他的确看过那封信。要是那封信是密封的话，他或许就不会看了。然而，当他将信件在手中把玩正犹豫着要不要拆开看看时，信封就自己开了。

细田先生无比愤怒。他憎恨这位青年。他并不恨斐子，反而有了一个强烈的想法——必须把这封信交给斐子。

"物集？他是你哥哥的朋友，跟斐子的关系也很好吧。"

"有段时间关系很好。但在我看来，我和他之间的关系没有他想的那么好。"

"是吗？"

"他不值得你吃醋。"

"是吗？"

湖面上没有月亮。细田按照斐子教的，摇动起船桨。他渐渐地熟练了。

"我可以进水里吗？"

"别了吧。虽然带了泳衣，但没带上船来。而且湖水挺冷的，别了，别了——"

"只游一会儿的话，没事吧。而且现在离岸边远了，又是晚上，就不需要泳衣了吧。"

说到这里，斐子已经脱下了内裤。她光着身子笔直地站在昏暗的湖面上。

"身材真好啊，轮廓真漂亮啊。"

正当细田先生在心中感慨的那一瞬间，斐子毫无顾忌地"扑通"一声跳入了湖中。船受力倾斜，差点翻了过去。细田先生被吓了一跳，好不容易才站稳，斐子早已朝着远方游去了。

"你尽量划船追上我哦。"

女人在湖中用尖细的声音高声喊道。

"好嘞。"细田先生大声回应道，但是船却不能如他所愿，"喂，喂！你不能去那里。你快游回来吧——"

"你别担心——啊，真是个美好的晚上，但是有点冷。"

幽暗的远处传来了几位年轻人的声音，他们似乎分别乘坐在不同的船上。

"还有别的船。你快上来吧。"

细田先生看着向自己不断靠近的女人洁白的身体喊道。女人昂起苍白的脸，朝着船的方向游动。细田先生先是看向了女人，接着看向了湖心。

月亮从山边升起。当他借着第一缕月光看清斐子的脸时，斐子的脸上突然露出了惊恐的表情。细田先生隐约记得，斐子是在湖岸的方向或山边的方向看到了什么东西，然后才大惊失色的。下一刻，可怕的事情就发生了。斐子沉入了水里。斐子是短发，在温泉泳池里游泳时，她的头发被泳帽包裹得严严实实，潜入水中也不会显得不自然，但是此刻却让人觉得无比诡异。

细田先生的直觉告诉他，斐子溺水了。他本能地想要出声呼叫，斐子的脸又面朝别的方向，露出了水面。接着，她仿佛低声说了些什么，朝着那儿游了一段距离。

"不是那儿，是这里。"

细田先生的话音未落，斐子再次沉了下去。恐惧感席卷了细田先生全身，他大声地呼喊起来，"救命啊"。这是他这辈子唯一一次呼救。听到呼救声，三艘船载着学生们靠了过来。但斐子已经沉了下去，不知所终。

经过大规模的搜查后，第二天下午在湖底发现了斐子的尸体。发现尸体的地点与推测溺水的地点相隔五百米。

当然，细田先生在这时也接受了警察的审讯。但是一方面考虑到细田先生的确既不会游泳，也不会划船，而斐子两者都会；另一方面考虑到有医生可以证明斐子曾确诊过心脏瓣膜的慢性疾病，因此，事件被判定为意外身亡是没有任何问题的。

然而，两个月后的今天，斐子的父亲和兄长对我说的却是，当斐子朝着船靠近时，船却像是为了逃离斐子一般划远了。当斐子试图抓住船桨时，船桨却躲开了。当时正巧月亮升了起来，岸边有人看到了这一幕。事件有目击者——他们手里有这一证据，才找上了我。

三 调 查

我出于职责，接受了斐子的父亲和兄长的委托，向细田先生申请了第一次交涉。首先是斐子的死亡令其父十分悲伤，此外，斐子嫁入细田家后使得早川家的信用有了提升，正当早川家在事业上蒸蒸日上时，却因斐子的死而受到了打击。出于对早川家一系列遭遇的同情，能否请细田先生表达一些慰藉之意呢？这绝不能成为索要赔偿金的理由，但早川家以不事先遣人进行沟通为耻，故而遣我作为代理出面交涉。

细田先生的回复是，他理解本次交涉的主题，希望我与他的顾问律师冈崎先生进行沟通。

我认识冈崎律师，因此立刻去拜访了他。

"我这里的内部消息都是零散的。不过，看在我跟你的关系的分儿上，我们就相互交个底，早点把这件事解决吧。"

我这么提议道，然后说明了他杀的嫌疑。

"是吗？我不太相信。哪怕细田先生再怎么嫉妒，也不可能起杀心的。斐子和物集已经是过去的事情了，斐子又不是现在出轨。而且夫妻两人年龄差距这么大，细田先生肯定知道自己不占理，而且也能看出他爱过斐子。我觉得是单纯的意外。而且，你调查过证据了吧？"

"调查过了。同一天的同一时间，那位叫物集的青年就在距离那艘船最近的湖畔处。他目睹了月亮升起的瞬间之后发生的事情。那天晚上，他与朋友一同住在湖畔的酒店，也有那段时间他一个人在那一带散步的证据——此外，非常巧合的是，还有时间上的证据。"

我故意用商谈似的口吻与冈崎律师说道："你怎么看？你觉得斐子是被杀害的吗？"

"不，我暂时不信。只是这件事闹大了的话，对细田先生也会有影响，所以我觉得应该找一个双方都能接受的方案。毕竟他们集齐了足以引起这一怀疑的有力证据——比如说，斐子亲自写给物集的信，或是斐子写给兄长的信，这些牵强附会的证据要多少有多少。"

"嗯，我也觉得凑齐了证据，反而显得可疑了——总之，既然细田先生说了愿意出赔偿金，那就早点谈拢早点解决吧。"

听到五万日元的赔偿金要求后，冈崎律师露出了惊讶的表情："这种碰瓷案件难道不是赔五千日元或者一万日元左右就行了吗？"

"说碰瓷案件就有点过分了吧。如果是一万日元的话，你有信心解决吗？"

"有的。"冈崎律师简单回应道。

我跟斐子的父亲和兄长进行了交涉，但无论怎么说，两人都不同意。似乎随着时间流逝，两人愈发坚信斐子是被杀害的。最后，我见到了这位叫物集的青年。

我仔细审查了这位叫物集的青年所持有的与斐子来往的信件。但是仔细审查后，我总觉得他与斐子的关系并没有那么密切。

"你说你们两人见过好几次。但你经常出入早川家，所以与斐子见过多少次面都不奇怪吧。我说的是，在其他人不知情的情况下，你们两人见面的次数多吗？"

我这么诱导性地问道。

他谈到在见了四五次面的时候，约定了两人见面时的暗号。斐子的房间位于二楼，隔着昏暗的街道，能看到对面的空地。物集站在空地上，用香烟的火星画一个大大的"〆"号。接着就能看到斐子收到暗号、举起手来的样子。右手表示她能在十分钟以内出门，左手表示请他三十分钟后再来一趟。

"原来如此，那是很密切的关系了。可是，还有其他人知道这套约会暗号吗？"

"没有了。"

"那就很难作为证据了。"

"但是，当时我在日记里写了这件事，写得特别详细——"

"我想看看日记。"

我下意识地说道。说完后，我才注意到一件事。日记是不会骗人的，是当时记录的事情。而我注意到的，是下面这件事。

湖面上没有月亮。要是昏暗的湖岸边，有人用香烟的火星大大地比画着的话，就算距离岸边有一定的距离，也能看见的吧。能否看见，只要去实地验证一下就能立刻确认。

那么，当斐子面朝岸边时，突然看见了以前与恋人约定的夜晚的信号，应该会大吃一惊吧。而且，是在她已经拥有了一位关系密切的、善良的、深爱着自己的丈夫，正极力试图忘记曾经的夜晚的信号的时候。受到这样的惊吓，是否会引起心脏病发作呢？同样地，只要与医生确认一下就能知道。

那么杀人计划就不是由细田先生谋划的，而是由这个男人谋划的。无论是物集向已婚的斐子寄出信件这件事，还是偶然在同一天晚上，与两位朋友一起跟斐子投宿在位于同一个湖畔的两家不同酒店这件事，以及那天夜晚他为了与朋友比试谁能在更短的时间内绕湖四分之一周而留下了记录，而这一记录恰恰成了时间上的证据的事。随着调查的不断深入，我渐渐开始相信，这一切都是有关联的。

"我还有一个问题想问你。你之前说你当时不知道溺水的女性是不是斐子，只看到一位裸体的女性快要溺水了——也就是说，当你看到船上的人使她溺水时，你为什么没有呼救？或者说，你为什么不打算救她？"

物集沉默了一阵子。随后，他似乎是想出了答案，流畅地回答道："毕竟我当时正在与朋友比赛，比赛内容是绕湖四分之一周要花多少个小时。所以，我只想快点在目标的白桦树上刻下自己的名字，然后赶紧回去。"

我目不转睛地盯着物集的脸。接着，我静静地射出了第二支问题之箭。

"那么，我还有一个问题想问你。我读过你当天的日记，也读过那天之后的日记，里面都没有写到当天晚上发生的事情。像你这样详细地记录日记的人，却对此只字未提。就算你不知道那是不是斐子，但那天发生的事情应该给你留下了很深的印象，况且你过后认为这是船上的人实施的一起有预谋的杀人案件。尽管如此，你却依旧没有写下只言片语，这是为什么呢？"

物集的脸色变得惨白。他没有回答。

我静静地开口道："怎么样？你跟斐子的父亲和哥哥商量一下，能让他们下定决心将案件的赔偿金额度降到一万日元吗？从事律师这一行，并不是要不分青红皂白地站在当事人那边的，请你好好考虑一下这件事。况且，我其实是站在当事人那边的。你要让他们下定决心只要一万日元就好。"

物集沉默不语。

"怎么样？由于你的所作所为，给你以前的恋人带来了这样的结果，坦率地说，你的心里也不会好受吧。"

听到我的这句话，物集点了点头。

四 案件的解决

我回复冈崎律师说，当事人愿意接受一万日元的赔偿金。随后，冈崎律师表示自己愿意倾力配合。

而且就在第二天，冈崎律师表示细田先生也同意了。紧接着第三天，结束了钱款的交接后，案件就这么解决了。

要是案件就此彻底解决了，我也就不会有与细田先生见面的机会了吧。不料，几天后，细田先生通过冈崎律师向我转达，他希望与我见面。

我跟着冈崎律师，前往了细田先生的住所。细田先生是一位身材敦实、骨架高大的男性，说话方式非常含蓄，但又具有男子气概。也许是因为他的人生中经历了漫长的斗争，也许是因为他拥有极好的教育背景，他的言谈举止才那么温和稳重，并且言之有物。

光是听细田先生的讲述，我就已经对他抱有好感了。我突然想到，年轻的斐子喜欢上他，或许也是被他讲话的声音所吸引吧。我渐渐觉得，斐子选择与他结婚也没有那么不寻常了。

细田先生将某样用白纸包好的东西放在冈崎律师和我面前，开口道："这里有四万日元，我希望你们帮我转交给对方。初次听闻对方指控我杀人时，我曾想过一分钱都不给，但是出于对你们两位的尊重，我愿意支付一万日元。但是在那之后的第四天，我的心境有了极大的转变。因此，这笔钱作为单纯的赠予，请你们帮我转交给对方。"

我虽然有些诧异，但还是接了过来。

"您说您的心境有了极大的转变，是指——"

"有必要向对方说明这件事吗？"

"不，不是这个意思。只是，如果我能理解您的想法的话，将会对我们之后的交往有很大的帮助。"

"是吗？但是，请你只是姑且一听。或许听过之后，您反而更不能理解了——如果这样您都不介意的话。"

"麻烦您了。"

自从来到细田先生面前，我的心仿佛回到了青年时代。

"那我就跟您说吧。虽然并非如物集君或是斐子的父兄所想的那样，但从另一种意义上，是我，或许的确是我杀了斐子。"

说完，细田先生沉默了。过了一会儿，他又开口道："特别是，你们两位采取了这样的解决方法，这才使我有了这个想法吧。"

尽管我离开了细田先生的宅邸，却对细田先生的话毫无头绪。这是某种杀人的告白。从事我们这类职业的人，一旦从相关人士口中听到这类告白，对于相关案件的看法就会发生根本性的改变。然而这一次，我却完全没有产生这样的想法，只是觉得在细田先生这样度过了漫长人生的人身上，有某种我不明白的东西——而我总有一天会明白的。

等我到了细田先生这个年龄的时候，或许就会明白了——我单纯地这么想。

在那之后，我开始与细田先生有了来往。过了五年左右，细田先生去世了。

在细田先生过世的五六个月后，他的长男邀我见面，我便前去赴约了。于是，我听到了下面的事情。

"在父亲留下的稿子中，有一份看上去像是小说，这是唯一一件与我继母有所关联的东西。联系那时的事情，我觉得让您看看会比较好。"

长男递给我的是下面的原稿。这份短短的原稿，与长男说的一致——像是一篇小说，标题叫作《新月》。

尽管我不懂文学，但这应该是一篇恰到好处的短篇作品。

五 关于梦的短篇

——A与一位年轻女性结婚了。这位年轻女性比自己的长男大了一岁，所以作为继母来说还算合适，A在心中是这么安慰自己的。

A对年轻的妻子爱得如痴如醉。明明两人的年龄相去甚远，但妻子却喜欢上自己并愿意嫁给自己，那么她在结婚之前，一定经历过一些恋爱的挫折。但她现在已经成了自己的妻子，A也知道她现在正爱着自己，因此并不介意这些事。

结婚未满一年时，一位叫作B的青年就三番两次地给妻子寄来信件。这些信件令A耿耿于怀。他介意地想，要是妻子能尽快处理掉这些信件就好了。

通过某次偶然的机会，A看到了信件的内容。

A感到非常懊恼。明明并不打算介意年龄差距，却时时刻刻表现出对年龄的介意，A对这样的自己感到非常懊恼。

后来的某天晚上，A与妻子一同在外散步。两人突发奇想，走进一家位置偏僻的电影院。

两人突然走进一片黑暗之中，于是混进二楼的后排，看起了电影。渐渐地，两人习惯了黑暗之后，发现前面只有三四排有观众坐着，还算空旷。A与妻子都对电影本身没有太大兴趣，但他们依旧占据了人群后方的座位，静静地望着银幕。

A 的心中，只有对年轻妻子的怜爱。

回过神来，A 发现妻子没有看向银幕，而是被别的东西吸引了注意力。

刚开始 A 并不介意，但后来他反应过来了。妻子是被坐在自己正前方的少年（青年）吸引了注意力。

这位少年专注地看着电影。只能看到少年的背影和一小部分侧脸，但这是一位就连 A 看了都心生好感的少年（青年）。他的年龄大概没有超过二十岁，身上有着男性特有的青涩、坦诚和高贵。

A 知道，妻子的芳心彻底被这位少年夺走了。这也难怪，毕竟年轻的心灵总会被年轻的心灵所吸引——A 在心里这么想。但是妻子绝不是不爱 A，这是不可动摇的事实。

A 想起八十五岁的歌德爱上十九岁的少女时创作的那首伤春的悲歌①。A 又替妻子想道，他要是妻子的话，也会对这位少年产生类似爱意的感情吧。

"喂，回去吧。"

妻子犹豫了。

"马上就要放完了。还是结束了再走吧。"

"嗯。"

说这些话的时候，妻子仿佛听到了 A 在心中说的"这也没办法"一般，依旧看着这位少年。

---

① 也有说歌德是在七十四岁时爱上了十九岁的少女，创作的诗歌为《玛丽恩巴德哀歌》。

电影放完了，但妻子仍然犹豫着。A意识到，自己也同样正在犹豫。两人有着同样的想法，想看看这位少年的脸。

这时，少年仿佛听到了妻子的心声似的，突然看向了这边。

"啊?!"

A大吃一惊。与此同时，妻子也惊讶地喊出了声。

这位少年的脸与A少年时期的脸长得一模一样。A想道，"这就是自己啊"，因此才这么惊讶。

而且，看啊，那是一位盲眼的少年。

此时，A醒了过来。啊，是梦啊——妻子跟自己在同一个房间，正浑然不觉地沉睡着。

A没有将这个梦告诉妻子。在那之后，A怎么都睡不着，就早早起了床，孤身去了书房。不料，那天早上竟有一位访客。

她曾是A已经过世的长女的乳母，现在已经变成了一位老婆婆。

"我的孩子战死了，我来向您报告这件事。"

她的孩子是一位男性，应该与A的长女同岁，因此是二十四岁。他受日中战争征召，不幸战死了。

老婆婆在A面前哭泣。或许那是她唯一的安慰了吧。A也任凭她肆意哭泣。

"但是，我终于能安心了。真的安心了。他在世的时候，我明明总是担心得不得了，还真是奇怪啊！"

"是吗?"

"这种感受我之前也有过一次。只是当时我没跟您说——"

"什么时候?"

"是您家小姐过世的时候,我曾为那位小姐哺乳过。是您第一位小姐过世的时候。"

说到这里,老婆婆又哭了起来。A 非常理解老婆婆所说的话。

接着,当 A 反思自己为何会非常理解老婆婆的话时,他意识到自己心里想到的是年轻的妻子。想到这一点,他产生了一种类似于狼狈的心情,这种心情久久挥之不去。

六 解开心中的谜团

　　读完这篇文章之后，我想到了五年前细田先生所说的"自己或许是杀人犯"这句话。直到这时，我才理解了他话里的意思。

（本作完）

附

录

到底还是跟甲贺三郎展开论战了

一 荣幸与感激

我很想鼓起勇气与甲贺三郎先生展开辩论，可为了避免误会，我觉得有必要在此郑重地谈一谈。我知道甲贺先生是不会被误解的。这是因为我也对甲贺先生的话没有丝毫的误解，而且相信甲贺先生与我都有相同倾向，那就是十分理解对方。因此我在想，这应该是读者们对我们产生了误解。

我之所以反驳甲贺先生，并不是因为他不欣赏我的作品。相反，甲贺先生一直对我的作品予以最严格的评判，他毫不后悔地指出我作品的不足之处，对此我既荣幸又感激。这些批判是为了让我知道轻视创作是件危险的事情，是为了让我鼓起勇气用作品让他敬佩一次，所以我要以十分明确的态度对甲贺先生表示感谢。这便是我在这篇文章开头就想说明的内容。

我之所以想与甲贺先生辩论一番，是因为他的《侦探小说报告》①（去年在《假面》杂志上进行连载）。可惜这个连载被搁置

---

① 《侦探小说报告》是甲贺三郎于 1935 年 1 月至 12 月在《假面》杂志连载的一个专栏。

了。在江户川①、甲贺以及其他前辈书写出日本侦探小说界十年辉煌且伟大的历史②后，我才开始进入到这个圈子的一个角落里。我非常荣幸，我之所以能够在平坦的道路上不断前进，全靠诸位前辈的努力创作。而且能够如此简单明了、如此毫无保留地分享到前辈们十年的经验，更是一件难能可贵的事情。在这种情况下，如果我不能从甲贺先生的论说中充分检讨、认真详查、尽可能取其精华的话，那必定是件令人惋惜的事情。如果这个时候能够引起争论，有幸得到甲贺先生的指导，不仅能够使我和同时代的人受益，更能使甲贺先生的功绩变得更加辉煌。

二 侦探小说不是艺术吗？

在甲贺先生的《侦探小说报告》中，有很多内容是我想进行严格调查和斟酌的。不过，在这里我要先争论最为关键的一个问题，那就是甲贺先生曾断言"侦探小说不是艺术"这件事。当然了，这里所提到的侦探小说其实是指本格侦探小说，这一点他曾明确说过："'侦探小说通过限定其范围而不能成为艺术'与'将侦探小说无限扩张到艺术小说里面从而认可其是艺术'，这两个论点必定永远无法协调。"（甲贺三郎《正误·回答·干涉》，《假

---

① 即江户川乱步（1894—1965），日本侦探小说家，怪奇、恐怖小说家，研究家，评论家，编辑。日本侦探作家俱乐部（即后来的日本推理作家协会）初代理事长。对日本侦探小说的发展有着巨大贡献。代表作：《携带贴画旅行的人》、《阴兽》、"明智小五郎"系列等。
② 木木高太郎创作这篇文章的时间是在1936年，这一年正值日本侦探小说第二个兴盛期，而十年前也就是1926年正好是日本侦探小说界第一个兴盛期。

面》杂志二月号）按照这个逻辑，越是本格的、纯粹的、优秀的侦探小说，就越应该与艺术小说清楚地区别开来。从这个立场出发的话，所谓的"变格侦探小说"其实并不应该冠以侦探小说这一名称，必须给它一个完全不同的称呼（如短篇小说）。这便是贯穿《侦探小说报告》全文的核心思想，其他所有问题全都在这思想的光芒下，极为清晰地决定了其位置。

我的立场与这个立场完全相反。我坚持自己的立场，认为侦探小说越是本格的、纯粹的，越是能体现侦探小说精髓的作品，就越会逐渐成为艺术，逐渐成为艺术小说。话虽如此，但我并不像甲贺先生说的那样，要把侦探小说的范围无限扩张到艺术小说里。通常的小说与侦探小说是有明显区别的。然而这种区别并非将其中一种归为艺术，将另一种排除在外。两者都可以被称为艺术小说，但它们之间有着明显的区别，其中一种是侦探小说，另一种则是普通小说，这并不会造成任何理解上的障碍，稍微解释一下就能立即理解。

侦探小说是具有特殊结构（或者具有特定条件）的小说。不过这只是结构上的特殊，其内容依旧是文学，是小说，是广义上的艺术。不论是诗歌也好，还是俳句、纯文学小说、戏曲也罢，虽然它们的架构各不相同，不过只要通过其架构表达出来的内容就是艺术。同理，侦探小说也需要独特的结构以及条件，所以通过特殊结构与条件创造出来的内容就是艺术。而且，这种结构与条件并非诗歌、俳句要求的韵律，也不是小说所要求的方式，而是更加自由的创作空间，是一种可以称之为与小说极其相似的东西。

侦探小说的结构或者条件究竟是什么呢？条件有以下三点：谜团、逻辑思考，以及解决谜团的方法。只要其结构具备这三个条件，不论写出怎样的内容，它们都是文学作品，都是艺术。因此当出现满足这些条件但写出来的东西既不是文学也不是艺术的时候，它就有可能是侦探实录、侦探读物，或者是新闻上的社会新闻，反正绝不可能是侦探小说。

将真实存在的事情以这种结构创作出来的作品，会立刻被称为侦探实录。不过，即便是出现在侦探实录里的真实案件，只要叙述者能以丰富的艺术观照进行叙述，这种情况当然也会产生优秀的侦探小说。这就相当于小说家亲历了一个真实事件，并将其写成了私小说① 一样。

因此，通过结构创作而成的侦探小说，内容越具有艺术性就越优秀。这与诗歌的韵文相同，诗歌的内容因韵文而兴盛，并决定是否具有文学价值。一般那些被决定好结构的文学都有着相同的文学内容，而结构越完善的作品就越出色。同样地，侦探小说也是结构越完善作品就越优秀。

通过上述内容可以得知，甲贺三郎先生的论点与我的观点几乎完全相反。但是，根据以下的论述来看，其实甲贺先生在内心深处已经充分理解了我的理论基础，但他为了给本格、变格的争论予以明确的裁断，自己却抛弃了这种理解。

---

① 私小说：日本近代出现的特有的文学体裁。通常指取材于作家日常生活琐事或表现亲身感受的小说。代表作有田山花袋的《棉被》、水上勉的《寺泊》、又吉直树的《火花》等。

三 侦探的要素以及小说的要素

先不论甲贺先生在《侦探小说报告》的前半部分屡次否定侦探小说的艺术性（请大家注意，否定侦探小说的艺术性，是甲贺三郎亲口说出的话），在报告接近结尾的地方，他这样写道：

一、侦探小说含有侦探的要素以及小说的要素。（同类型的作品，如果毫无侦探要素或者侦探要素过少，便不是侦探小说。）

二、在侦探小说的两个要素中，侦探的要素要高于小说的要素。

三、侦探小说的这两个要素应该浑然融合，实际上侦探小说必须如此创作。

甲贺先生所提及的小说之要素，是情节、文风以及性质。或许先生认为这些并不是文学，也不是艺术，但我却认为这些既是文学又是艺术。如若我们指的是广义上的小说要素的话，那就不应该简单地将其归结为情节、文风以及性质，因为这些要素才是文学与艺术应该有的内容。而且优秀的侦探小说必定会将这两个要素融合在一起，以这样优秀的侦探小说为标准进行讨论，不正是作为评论家以及作家最为正确的做法吗？所以我认为甲贺先生所提及的侦探的要素，其实是一种结构或者条件，而小说的要素则应该是我所说的侦探小说作为艺术的本质。当然了，如果侦探要素没有以侦探小说的结构表达出来的话，就不算是侦探小说。侦探要素固然重要，但如果没有小说要素的话，这类作品就会变成侦探实录、侦探新闻或者社会新闻。这样的侦探小说直接用侦探新闻代替不就好了？这样的创作，不就成了讨大众开心或者满足大众的理智判断了吗？如果甲贺先生一口咬定是这样的话，那么就没有必要说什么小说要素了。不对，或许他的意思是，小说的要素仅仅与叙述技巧有关。如果是这样，那我不得不说甲贺先生忘记了文学的规则，真正的叙述与技巧最初就是从内容中产生出来的，他的行为是在蔑视大众的艺术鉴赏能力。

大众的艺术鉴赏能力其实已经高到难以被这些作品所满足。直到最近为止都还是侦探小说读者的我对此深有体会。不过，大众还是需要报纸上的社会新闻。因为大众想要知道的是具体的社会现象，而不是需要虚构的内容。当他们发现报纸上的社会新闻是虚构的内容时，他们就会停止阅读。

即便侦探小说是虚构的作品，但大众对此依旧有所需求，因为人们不单单是在追求社会新闻，而是在寻求一种特别结构的文学。

四 侦探小说的结构尚未完全被发现

我说过侦探小说是以特殊结构创作出来的文学。然后甲贺先生的主张则是这种结构便是侦探小说的全部。在我看来，甲贺先生主要是在欧美作家的作品中寻求这种结构，并把这些作品当作标准，作为其理论依据。比如柯南·道尔、范·达因、埃勒里·奎因、克劳夫兹①等作家的作品，他认为这些就是侦探小说最好的结构，因此便直接将这些作品看作是侦探要素的典范来进行论述。这些作家的作品确实都是优秀的侦探小说。但是我并不认为这些作品具备最完善的侦探小说的结构。毕竟结构总是伴随着内容而决定的。因此在优秀的文学内容创作中，结构会呈现出更加不同的东西。考虑到这一层就会发现，文学作品中也会具有侦探小说的内容。正是因为通过侦探小说的结构所呈现出来的内容是具有生命力的、根基扎实的，所以理所应当能通过纯文学的形式表达出来。

比方说陀思妥耶夫斯基的《罪与罚》《卡拉马佐夫兄弟》，这些虽说是纯文学作品，但如果以侦探小说的结构呈现出来的话，那就是非常优秀的侦探小说。这样的内容以及文学性，不仅能成为纯文学，也可以视作侦探小说。不过像莫泊桑的《女人的一生》以及斯特林堡②的《愚者的告白》的内容可以视作纯文学作品，但绝不可能是侦探小说。所以我才会说，反倒是内容会限制作品的结构。如果这些内容真能通过侦探小说这种形式呈现出杰出的作品来，那么一定会在某些情况下创造出新的结构。

所以我才会主张侦探小说具有艺术性。这样一看，变格侦探小说也是为了达到上述目标而努力，从而临时出现的一种模式。

---

① 弗里曼·威利斯·克劳夫兹（1879—1957），英国作家，侦探小说"黄金时期"重要的侦探作家。代表作：《桶子》。
② 奥古斯特·斯特林堡（1849—1912），瑞典小说家、戏剧家。代表作：《红房子》《女仆的儿子》《海姆素岛居民》等。

如此看来，变格侦探小说是在不充分的努力下所诞生的一种模式——残酷地说，它与侦探小说相差甚远，但如果我们承认这是寻求侦探小说新结构的精神、是在力不从心中创作出来的一种模式的话，那把它视作侦探小说也并不为过。更何况在日本，人们已经习惯在侦探小说中加入这些东西了。

如果是为了避免让大家误以为这样的作品是完整或者优秀的侦探小说，出于劝诫大家不要走弯路的目的，甲贺先生才出面写出了《侦探小说报告》的话，我也颇为赞成，但如果是站在否定侦探小说艺术性的立场上，不承认上述宝贵的努力成果，反倒加以抨击，那我只能深表遗憾。

甲贺先生曾说过小栗虫太郎 [①] 的作品不是侦探小说，但通过我上文的论述能够看出，小栗先生其实是在为创作出全新的形式做着崇高的努力，而且我不认为他努力创作出来的作品不是侦探小说。关于这一点，我希望有机会能听一听小栗虫太郎先生的看法。

（原载于《假面》杂志四卷三号，1936 年 3 月）

（译者：温雪亮）

---

① 小栗虫太郎（1901—1946），日本小说家。因小说中的炫学内容而闻名。代表作有被誉为"推理小说三大奇书"之一的《黑死馆杀人事件》，以及《完全犯罪》《红壳骆驼的秘密》等。